O
DIABO
NA
RUA

Copyright © 2022 por João Lucas Dusi

Edição: Leonardo Garzaro e Felipe Damorim
Arte: Vinicius Oliveira e Silvia Andrade
Revisão: Diogo Santiago e Lígia Garzaro
Preparação: Diogo Santiago e Ana Helena Oliveira

Conselho Editorial:
Felipe Damorim
Leonardo Garzaro
Lígia Garzaro
Vinicius Oliveira
Ana Helena Oliveira

Dados Internacionais de Catalogação na Publicação (CIP)
(Câmara Brasileira do Livro, SP, Brasil)

D973

Dusi, João Lucas
    O diabo na rua / João Lucas Dusi. – Santo André - SP: Rua do Sabão, 2022.
    200 p.; 14 x 21 cm

    ISBN 978-65-86460-82-7

    1. Romance. 2. Literatura brasileira. I. Dusi, João Lucas. II. Título.

CDD 869.93

Índice para catálogo sistemático
I. Romance : Literatura brasileira
Elaborada por Bibliotecária Janaina Ramos – CRB-8/9166

[2022] Todos os direitos desta edição reservados à:
Editora Rua do Sabão
Rua da Fonte, 275 sala 62B - 09040-270 - Santo André, SP.

www.editoraruadosabao.com.br
facebook.com/editoraruadosabao
instagram.com/editoraruadosabao
twitter.com/edit_ruadosabao
youtube.com/editoraruadosabao
pinterest.com/editorarua
tiktok.com/@editoraruadosabao

O Diabo na Rua

João Lucas Dusi

I.

É preciso se dedicar a tudo com seriedade. Eu costumava odiar meu apelido de escola: Pingo. Baixo, desengonçado e rechonchudo. Murmurava palavras, quase incompreensíveis, igual ao pinguim do desenho. O pessoal não perdoava. Cambada de filho da puta. Adolescentes são protótipos maus de seres humanos. Não é que as pessoas fiquem boas quando envelhecem, só aprendem a dissimular melhor o ódio que trazem no peito. Um ódio primal. "A existência de Satã no cristianismo, mesmo para um ateu, serve muito bem para simbolizar determinados tipos de comportamentos", explica Duncan Trussell, criador de um podcast intergaláctico. Em última instância, serve para simbolizar o que é a natureza do homem. Para driblar a morte, o desespero, a depressão e o alcoolismo, tratamos nossos iguais feito merda. Forjamos seitas em torno do próprio ego. Não sei o que será deste mundo. Minhas expectativas são baixas. Nulas, para ser sincero. E é ótimo que assim seja.

O gordo veio todo machão, durante o recreio, e me chamou de Pingo – de forma pejorativa, queria impressionar. E aí, Pingo. Ele estava com sua gangue, naquele tipo de situação caricata e triste de filme norte-americano, só faltava estar esperando que eu lhe desse o dinheiro da merenda, tudo bem cabível à escola elitista na qual estudei como bolsista. Uma gangue de gente branca, bem alimentada e abastada. Gente rosada. Só que eu estava vacinado no dia, cheio de cólera guerreira grega clássica. Deitei o exemplar de *Pornopopéia* e fiz-lhe uma proposta irrecusável: "Por que você não vai tomar no seu cu, baleia do caralho?" Me deixaram em paz desde então. Nunca mais me dirigiram a palavra, muito menos olhares – não como os de outrora, ameaçadores. Antes eu me sentia vigiado a todo segundo, depois me senti sozinho contra todos. Quando me viam nos corredores, olhavam para baixo. Faziam comentários inaudíveis, abafados, desconfio que a propósito da minha insanidade. Fiquei contente e resolvi cultivar essa imagem. Acabei apaixonado pela ideia de ser louco. Eu é que passei a cuspir no chão e a olhar para eles com desprezo. Já não me sentia mais uma parte excluída daquele grupo de idiotas, pois era algo – sólido, confiante – à parte. Um algo desprezível em maturação, prestes a explodir com violência.

 Acho que teve a ver com o tom de voz, com alguma coisa que já se insinuava em meu olhar. Com minha postura: sempre solitário e quieto, arrastando-me pelos cantos com um livro. Sei que a imagem transborda arrogância. Eu mesmo jamais gostaria de me relacionar com alguém que desfila por todo lugar com um livro na mão, em uma manobra tosca para mostrar o quanto é inteligente. Quase um grito patético de socorro. Nessa mesma época, descobri que Miles Davis não tinha amigos e que Charlie Parker virou Bird depois que Jo Jones quase o decapitou com um prato de bateria, então deixei de lado o impulso – ingênuo – de tentar compreender a visão do próximo sobre mim. Deixei a indiferença tomar conta. Abri mão da empatia, um sentimento que jamais me fez sentido. Parei de fingir. O mundo da fantasia estava começando a me fisgar, e mais tarde eu perceberia que é um caminho sem volta. Dali a um tempo já não faria nenhum sentido interagir com meus iguais, meu mundo se tornaria outro. Chegaria um tempo em que o mero toque de um semelhante me causaria agonia, nojo. Só de alguém me olhar eu já sentiria o estômago embrulhar. No plano das ideias, enfim, tudo é possível – inclusive o impossível. E é nele que passei a habitar.

Naquele momento específico, porém, quando sugeri ao elefante que tomasse no cu obeso dele, ainda fiquei chateado com minha reação. Pensei depois que, justamente por ser superior, deveria deixá-lo seguir com a zombaria. Deixá-lo armar um circo para os amigos. Tenho certeza que ele sofria muito à noite, antes de fechar os olhos. Que chorava. Penso na postura de Cristo durante a crucificação: enxergar a humanidade com amor mesmo na iminência da morte, com requintes de crueldade, contorcendo-se de dor, cheio de furos gotejando sangue e uma coroa de espinhos na cabeça. Mas eu não tinha a opção de pedir ao meu pai para perdoá-los, porque não tenho pai. Quem tem a fabulação a seu favor não precisa se ocupar com essas besteiras.

Deu tudo certo. Quer dizer, depende do que você considera certo. É relativo. Os outros também acham que dei certo. Mas não vou esquecer de quando me chamavam de vagabundo e fracassado. De quando me olhavam com desconfiança e me espicaçavam pelas costas, em ridículos encontros familiares dominicais, naquele clima cristão de última ceia – mesa farta e o verbo correndo solto, venenoso como o de cobra peçonhenta. Encontros que serviam exclusivamente para praticarem o ódio, sentirem-se bem nas próprias peles. Jamais esqueça que pessoas que falam dos outros para você, apontando e julgando este ou aquele, também falam de você para os outros. Seja qualquer coisa nessa puta dessa vida do caralho, menos ingênuo.

Minha memória não é curta. Lembro exatamente de cada um dos nomes e de cada uma das situações; lembro, inclusive, de quem não estava lá – ele, que merece deste filho bastardo nada mais que repulsa, mas ainda é acolhido por um coração que não sabe o que faz. Aquelas pessoas todas, sempre muito certas de tudo, tentavam me arranjar emprego no shopping, bico de garçom, entregador de panfletos. Só não me mandaram chupar pau, vender crack ou comer o rabo de heterossexuais casados em esquinas pouco iluminadas de bairros precários. Pensavam em qualquer coisa inumana que justificasse minha existência, o homem só tem valor mediante o ofício que pratica. Dedicando-me a essas tarefas imundas, plenamente a contragosto e suicida, triste demais, ao menos eu seria um trabalhador. Uma pessoa de bem. Todo trabalho é honesto, afinal, e dignifica o homem. Minha vingança, hoje, será ignorá-los – os nomes e as situações. Porque se eu já não me importava antes, agora muito menos. Sou livre, e esta é minha história. Ela não acaba com um massacre ou suicídio. Sempre falei e pensei muito mais do que agi. A história é de sucesso. De um escritor que venceu, movido sempre por uma repugnância espetacular contra seus iguais e a vida como um todo.

Ai de mim, século 21, não quero ser obrigado a escrever ficção autoconsciente só porque os bonitões decidiram que as coisas do coração se tornaram obsoletas. Que o legal agora é ser durão e impassível, analítico, atento a uma forma literária disruptiva e a um conteúdo combativo, político. Uma ficção pretensamente inteligente, dialética, calcada em jogos metaficcionais e um narrador que se reconhece como tal. Acho que já me tornei refém da estética dita pós-moderna, infelizmente. Admitir isso acalma um pouco as coisas, não muda nada. Penso na diegese elaborada por John Williams e em como jamais serei capaz de atingir aquele nível sublime de sutileza. De parcimônia. Delicadeza. Penso no uso da palavra diegese e sinto nojo. Culpo minha formação acadêmica, à qual jamais precisei recorrer profissionalmente. Depois de ganhar um grande prêmio com meu segundo livro, enfiei o diploma no cu. Literalmente. A maior serventia para o canudo foi ter removido o excesso de fezes de meu ânus, em uma manhã particularmente agradável na qual eu tinha acabado de receber a notícia da vitória. Decidi: vou limpar o cu com meu diploma de professor de português. Dito e feito. Tomei café preto, fumei um cigarro e fui cagar, carregando o atestado de êxito comigo. Todo estudante de Letras é um retardado, um verme. Só não é mais desprezível que o aspirante a jornalista. Ou que o editor de livros e também de periódicos, que constituem a raça mais estúpida da Terra. A esta altura do campeonato, qualquer recurso literário é batido. É por isso que peço que me deixem em paz, por obséquio. Por gentileza. Pelo amor de Deus.

2.

Se você está imaginando mais uma jornada do autor maldito que bebe, fuma e cheira pó, acertou. Mais ou menos. Mais bem-feita. Mas ainda não. Por enquanto, por meio da memória, existe apenas uma insinuação da catástrofe – e também do sucesso, já que um irá impulsionar o outro. Desde bem cedo, vejo hoje, talvez por volta de meus 12 anos, eu já tinha certeza de que estaria fadado à morte precoce, talvez por overdose ou suicídio, ou ao sucesso. Esforcei-me de corpo e alma para ficar com a segunda opção, o sucesso, por mais que a primeira não tenha deixado de me assombrar até hoje – já virou quase algo cômico, caricato, essa coisa dos exageros e de flertar com a morte. Um escritor não tem o direito de ser feliz. Não têm nada a ver: escrita e felicidade. Enquanto não consigo escrever sobre bruxos, uns malvados e outros bonzinhos, isto aqui é tudo que tenho a oferecer – basicamente nada, nada de significativo para o mundo como um todo, mas um pouco de esperança a mim mesmo. O país enfrenta uma calamidade pública sem precedentes, liderado pela ditadura de um homem verdadeiramente louco e burro, incrivelmente imbecil, militar de carreira, em meio a uma pandemia viral que já tirou a vida de milhões de pessoas ao redor do mundo, e o escritor escreve. O escritor acha que suas palavras podem gerar catarse ou qualquer bosta do tipo. Que ele pode fazer o mundo melhor por meio da fabulação. Que sua escrita vai acalmar o coração dos atormentados ou o seu próprio, já que é um egoísta sem igual. O poeta publica poemas em redes sociais, recebe curtidas e agradecimentos de sua confortável bolha virtual. Que espécime mais nojenta, a do escritor. E o poeta não passa de um verme. Realmente repugnante, branco e roliço. Pegajoso. Carente. São necessários um ego gigantesco e uma completa falta de empatia para colocar qualquer pingo de tinta em uma folha em branco e exibi-la por aí, pomposo. Aqui estamos. E não tem nenhuma graça, mesmo. Estou rindo, por acaso? Você está achando graça de alguma coisa? É triste e macabro. Como carregar uma cruz invertida fincada no peito, clamando por Deus e recebendo nada mais que Seu silêncio. Uma quietude perturbada pela fumaça do mundo industrial e pela loucura da tecnologia moderna. Não podemos nem curtir a ausência divina em paz.

    Quem vê de fora vai dizer: está aí uma pessoa muito triste. Nem é isso. A arte do exagero deve ser colocada em prática em nome da excelência estilística. Desde que li *Extinção*, de Thomas Bernhard, faço uma literatura que não é de todo minha, ao mesmo tempo que não poderia representar mais o que sinto. O mito da autoria renderia páginas exaustivas, não é o objetivo. Se você acha que está criando algo novo com sua combinação de palavras, lamento. Quem se apega à originalidade sofre de uma patologia clínica chamada pela psicanálise futurista de Síndrome de Cervantes, e já conheci de perto uma pessoa assim – é cansativo, entediante, repetitivo, óbvio. Vamos desenvolver esse raciocínio adiante. A todos os protótipos de Miguel e viúvas de Shakespeare, sugiro que retomem a *Ilíada* e desistam de escrever. Vai ser melhor para todo mundo.

Quem vê de fora vai dizer: está aí uma pessoa triste – somente triste, não *muito* triste. Nem é isso. Acho que vivi exatamente a vida que gostaria de ter vivido. É estranho que eu tenha esse insistente peso no peito. É igualmente estranho que eu fale da vida como se ela já tivesse acabado. Às vezes sinto que sim, já acabou. Que com certeza. Talvez o cristianismo incutido na gente desde a infância tenha um potencial traumático muito maior do que imaginamos. Também não é nada de mais, como se eu ficasse o dia inteiro remoendo minha trajetória tresloucada, chorando pelos cantos – às vezes, sim. É mais sobre uma melancolia persistente. Apesar de tudo, sempre que paro para pensar nas coisas que fiz, rio. Um riso contagiante, amarelado de cigarro. Porque fiz exatamente o que milhares de pessoas têm o desejo de fazer, mas vivem de rabo preso e tocando a vida com morna resignação. Chutei o pau da barraca, fiz escândalo. Quanto mais envelheço, mais tenho apreço pelas minhas escolhas de juventude. O dinheiro pode acabar, e aliás já acabou, mas as experiências permanecem pulsantes. As lembranças reluzem.

Quem vê de fora vai dizer: está aí uma pessoa realizada, segundo seus próprios parâmetros. Também não é isso. Muita calma. Desde que me entendo por gente, o que aconteceu por volta de meus 12 anos, não lembro de ter conhecido alguém mais miserável do que eu. Em todos os sentidos. Alguém muito hábil no jogo da vida, que acabou por conquistar tudo que sonhava em relação às letras, mas jamais deixou de se sentir péssimo em seu íntimo. Que soube representar uma arrogância e uma segurança que não lhe pertenciam de modo algum. Alguém que se tornou maduro, no sentido mais patético da palavra que remete a ser uma pessoa responsável dentro do grande moedor de carne chamado sociedade, mas não poderia estar mais longe de se sentir bem. Alguém que se sentiu incomodado do momento que acordou até a hora de dormir, todos os dias, necessariamente dopado por anos de cachaça e drogas e por mais outros de remédios controlados; mas sorriu, e produziu, e fez da angústia sua valiosa moeda de troca secreta.

Jamais perdi tempo. Tudo que fiz levei muito a sério. Uma seriedade escandalosa. Quando bebi, bebi igual a um filho da puta. Quando chegou a cocaína, cheirei como se não houvesse o amanhã. Quando decidi pela sobriedade, virei um neurótico. Muito mais doente do que era antes, não tenho a menor dúvida. Nenhuma. Nunca gostei de maconha, coisa de retardado. Odiei todos os segundos de sobriedade, mas levei a sério. Fiz o que era necessário no momento. Porque é minha natureza. Não tenho tempo nenhum para as palhaçadas do seu mundo floreado, para gente que fala mas não faz, só ameaça, elabora milhões de planos e nunca sai do lugar – progressistas de sofá, bradando contra o sistema atrás de pequenas telas, satisfeitos com a leitura de artigos e ensaios utópicos, às vezes nem isso, um palavreado vazio e inútil, todos assustados com o que existe para além de suas confortáveis bolhas pretensamente anarquistas. Não movem uma palha, exigem revolução.

    Quem já desejou seriamente a morte percebe que, ao optar pela vida, é preciso sustentar uma altivez desmedida. É preciso agir, sem tempo para a autopiedade. Essa minha raiva rascante vem daí. Tudo me é intolerável, menos o ódio pela existência. Existo para odiar essa condição. Comprei o peixe estrangeiro de Camus, cuspi na postura midiática de Sartre. Pratico a ojeriza por meio da escrita, esse passatempo de pessoas ruins. Tudo que é da ordem da perversão me agrada. E nem tente me dizer que é um trabalho, isso de escrever. Se você já serviu mesas e foi humilhado por clientes em restaurantes chiques enquanto exercia seu ofício com uma tristeza inacreditável, jamais terá a coragem, a pachorra, o despudor, de dizer que escrever é um trabalho. Você argumenta que são propostas diferentes, que todos têm o seu devido valor, e eu te mando tomar no cu, por favor – quase com carinho. De qualquer forma, foi essa atividade de bunda-mole que me deu um estilo de vida alternativo, me permitiu abrir mão de todas as bostas burocráticas – absolutamente insuportáveis – do mundo de vocês – bater ponto, responder a coordenadores, chefes, atender público, falar no telefone, interagir com gente em geral. Depois de me tornar um autor premiado e traduzido em dezenas de países, com a conta bancária polpuda para meus propósitos modestos, nunca mais olhei na cara de ninguém. É o que sempre sonhei em fazer, e realizei. Espumei pela boca em todas as entrevistas, apareci bêbado em dezenas de debates literários em grandes festas bancadas por controladores gordos – ou gostaria muito de ter feito essas coisas. Mijei na mesa. Mijei na cama, também, várias vezes. Abandonei todo mundo que me era próximo. Apunhalei amigos pelas costas. Mais louco que o Diabo, sempre, exatamente como precisava ser.

3.

O sucesso ainda não bateu à porta. É madrugada, sou jovem e tenho esperanças. Leio *Cartas na rua*, de Bukowski, edição da Brasiliense, em tradução de Reinaldo Moraes, descobrindo as potencialidades subversivas da literatura. É inegável o coice inicial ao ler esse autor norte-americano: descobre-se que ficção não é somente José de Alencar, aquele que te mostraram na escola como sendo um ícone incontornável. O mesmo aconteceu com o Chuck Palahniuk de *Clube da Luta* – tipo de obra que cai como uma luva na mente da garotada desiludida, de quem já desconfia que há algo muito errado no mundo mas ainda não sabe racionalizar o fato. São palavras que, quando lidas, parecem óbvias – como se, dentro de você, elas já existissem há muito tempo. Quando Cioran propôs "odiar tudo e odiar-se em uma fúria de raiva canibal", descansei o exemplar de *Breviário de decomposição* e suspirei aliviado, mas não impressionado. A colocação não podia ser mais óbvia para mim, de uma maneira instintiva e subjetiva, só faltava alguém registrar o que eu sentia. Nietzsche tem a mesma força de parecer óbvio àqueles que já trazem a desgraça na alma antes de conhecê-lo. E aconteceu várias outras vezes, com diferentes autores e variadas formas de expressão capazes de dar vazão à energia mais elementar que nos constitui – da filosofia e literatura à música, passando pelos esportes de alto nível às danças. Bebi de todas essas águas, mesmo que indiretamente, com cada uma delas aprendi uma faceta diferente da vida e uma nova angulação para planejar minhas investidas contra a ofensa de existir à deriva.

De todas as expressões existentes é sem dúvida a literatura que fez e ainda faz o papel de mentora dos grandes rebeldes – tanto os que têm uma causa específica quanto os simplesmente entediados, os que buscam um soco na boca para sentir pulsar o sangue e acordar instintos primais. O resultado pode ser exímio ou catastrófico – normalmente, as duas opções ao mesmo tempo. E só serve para a juventude, depois os homens chafurdam no embotamento da alma, salvo raras exceções, cansados de uma vida inteira calcada numa rotina odiosa, de casos com amantes tristes e filhos indesejados, e só o câncer, ou qualquer outra doença escandalosa do tipo, é capaz de lhes abrir os olhos para as questões essenciais que ignoraram a vida inteira. É sempre tarde demais.

Só alguns poucos alcançam o verdadeiro despertar da vida. A maioria passa por essa experiência insana olhando para baixo, usando cabresto. O currículo acadêmico brasileiro é contraproducente, um atentado violento ao intelecto. Já vi centenas de soldados abatidos pela burocracia escolar – principalmente no ensino superior. Pessoas de imaginação fértil acabam rendidas pelo inimigo. Nem todo mundo tem a sorte de descobrir um caminho bem cedo, mas quem descobre também tem lá seus percalços: é difícil sustentar uma opinião própria quando se é muito novo, ninguém leva a sério. E porque ninguém me levava a sério fiz um trato comigo mesmo: manteria minhas primeiras conclusões a respeito do mundo para o resto da vida. Jamais ressuscitaria Deus; jamais perdoaria o pai. Não daria chances ao amor romântico, somente à putaria de Eros – quando conveniente. Tem muita coisa em que já nem acredito mais, mas não dou o braço a torcer. Digo a eles, aos inimigos que são todos: eu sabia desde sempre. Dessa farsa aí. De que tudo que me falaram não passava de um monte de merda. De que pais não têm a menor noção do que falam ou fazem, são só outros perdidos em meio ao absurdo, mas provêm o sustento e por isso ganham credibilidade. Compram credibilidade. Compram sua alma, mesmo quando ausentes. Como se enriquecer o patrão e ser triste, cada uma das partes pontual e responsável, fossem méritos – exemplos de vida.

  Não é de todo verdade, isso de que sustentei todas minhas opiniões da juventude até agora, assim como não é de todo mentira. É mais por estilo. Pela autoimagem que a gente precisa criar de si mesmo para sobreviver aos ataques da existência. Pela narrativa que a gente escolhe sustentar a fim de simular um eu sólido, senhor de si, senhor de um ego mais frágil do que o fio da navalha, mais inútil do que se uma redoma de vidro tivesse aparecido sobre a carcaça do bravo guerreiro Heitor, o domador de cavalos, quando Aquiles, o Pelida, chegou aos berros em frente aos portões de Tróia – depois ter enfrentado até mesmo um rio, o coitado do Xanto morto em peleja, aniquilado pela cólera de um semideus possuído pela insana *vendeta*, lelé pra caralho, momento único da História em que uma espada impediu para sempre a fluidez da água; é bem como quando atribuo ao insistente fantasma, isso tudo de narrativa que se escolhe sustentar, minha ruína física e mental – e a partir disso ganho um álibi convincente, alvo fácil, vermelho-sangue, alguém responsável por tudo que há de ruim em mim e também no planeta Terra em geral, inclusive nos girassóis (da cor do seu cabelo ou da cor da puta que te pariu), mesmo quando já nem sei mais direito se acredito nessa merda toda. É também pela resiliência que é preciso forjar para sobreviver ao jogo das aparências, no qual o estilo é tudo. O meu é invejável. Quando penso em mim mesmo, vejo o Michael Jordan dos anos '90 matando todos os jogos de playoffs pelos Bulls, armado com uma raiva demencial e sem nada a perder, cego para tudo que não diz respeito à quadra, como um demônio descontrolado que só conhece um caminho – o da glória.

Minhas primeiras incursões pela escrita foram escandalosas. Tive desde sempre uma noção absoluta da minha própria estética, dos ângulos da vida que eu gostaria de explorar no mundo da fabulação. Mesmo quando ainda não havia chafurdado no submundo, na vida real, já escrevia sobre a derrocada. É como se a podridão se tivesse insinuado para mim desde sempre, e eu a tivesse abraçado com tesão, maldade – tipo um ímpeto satânico de estuprador. Condenei-me já no mundo das ideias, antes da prática; a violência era tanta que o caminho não poderia ter sido outro. Busquei o óbvio: a derrocada. A aniquilação do meu corpo e da minha mente. A segunda resistiu, acho, o primeiro vai de mal a pior. Mas me diverti. E como. Tento não cair naquela armadilha analítica tão tacanha: a de fazer com que minha ética vigente refute tudo o que fui. Não. Eu sou amálgama. Legião.

Mais ou menos na época que conheci Chinaski escrevi uma breve narrativa chamada "Desatinos". Pego meu caderno surrado, o de estreia, para fazer uma viagem no tempo: "Jonas, 16 anos, bem alimentado, virgem da boca, do pênis e do cu; nunca fumou erva nem cheirou pó. O queridinho da mamãe. Pensava em ser um assassino em série". A cólera de Aquiles. Eu me preparava para uma batalha sangrenta, certo de meu êxito. Claro que também se nota uma execução precária e alguma pressa, mas as palavras transbordam da página. A ansiedade não está ali à toa: o material bruto é feito de bílis; só mais tarde as técnicas iriam interferir, e muitas vezes prejudicar, meu texto.

Se eu pudesse juntar esse nojo primal com minha estética de agora, que encontrou uma espécie de leveza em meio à insanidade, o mundo explodiria. Não sei o que aconteceu para que eu chegasse nesse ponto tão cedo. Mas sinto, com um frio na espinha, a honestidade dessas palavras iniciais – hoje esquecidas. Engordei um bocado, minha cara sempre foi redonda e isso me irrita profundamente, sem contar que a calvície se anuncia aos poucos – os cabelos finos e o quanto eles caem após um banho me informam que meu destino será igual ao do meu pai, talvez para que eu me lembre diariamente da minha origem, mesmo tentando renegá-la. Uma herança sádica – a única possível, já que materialmente nunca tive nem vou ter nada. Até pensei em ter um filho, acredite ou não – uma vontade não muito natural para aqueles nascidos na primeira metade dos anos 1990, acho, último suspiro da filha da putíssima geração millennial. Não tenho mais beijo de namorada e minha melhor amiga foi uma transexual pervertida e brilhante, Melissa – torço sinceramente para que ela esteja em paz, aquela querida. Já quando olho para o registro desse meu eu novíssimo, o que escreveu as palavras sagradas, sei que existia uma loucura honesta. Uma potência apocalíptica. Para entender melhor o que me tornei, revisito o que fui um dia. Nem tudo está documentado no papel, mas a memória – com seus truques, recriações e distorções – serve para tapar esses buracos.

4.

Tudo aconteceu conforme o previsto. Na minha vida, desde que comecei a agir e deixei de ser um bundão movido a lamentos e promessas vazias, alcancei tudo que desejei. Eram propósitos modestos, é claro, só constrói palácios os que já nasceram predeterminados – não falo de metafísica, mas herança material. O que ganhei de minha família foi uma angústia latente e a certeza de que pertencer a um pequeno grupo e se sentir acolhido não passam de balelas. Das mais cruéis. As que potencialmente irão destruir sua qualidade mental, caso você seja o tipo que se preocupa com esse tipo de bem-estar. Eu quero mais é que tudo se foda: quanto mais ódio, mais fúria canibal, melhor. Melhor para eu seguir representando a autoimagem que venho desenvolvendo desde que me entendo por gente. No que diz respeito à continuidade da minha vida, sei bem que é a pior opção. Quero dizer que, vivendo assim, só consigo ver a morte como solução razoável. Enquanto isso não acontece, colho os louros de ter investido no caos enquanto vivo.

Depois de ter abandonado minha família, brinquei de grupinho literário subversivo – um do tipo que exaltava Roberto Bolaño mas jamais teve um por cento da disposição que o escritor chileno depositou na literatura e sua disseminação, isto é, jamais enxergou o fazer literário como algo além de uma brincadeira sórdida. Eu tinha deixado os subempregos nessa época, conseguia ganhar duas migalhas de pão amanhecido escrevendo para cadernos culturais e meu primeiro livro circulava sem nenhum êxito, alvo de resenhas absurdamente preguiçosas de velhos que, por notório desleixo para com o trabalho de um autor iniciante, escreviam barbaridades a respeito da minha obra – e o pior de tudo é que eu compartilhava esses atentados ao bom senso em redes sociais, quase feliz por ter recebido atenção em um cenário naturalmente permeado pelo silêncio. Não é conversa de ressentido, não, até porque estou admitindo minha culpa: notava-se com triste clareza a falta de esforço para entender a disposição dos contos do meu livro, o que há de mais básico – a estrutura, pensada com tanto carinho e que me tomou tanto tempo quebrando a cabeça; por se tratar de um conjunto breve, tenho certeza que aproveitavam para o ler na hora de cagar, o que com certeza explicaria o tom relaxado das supostas análises. Fazer literatura no Brasil e comer pratos de merda para se promover são atividades aliadas, e ao escritor iniciante pedem que fique contente com cada colherada de fezes oferecida quase por piedade.

Voltando à história: o movimento literário subversivo do qual fiz parte, chamado *Retrógrados*, foi encabeçado pelo Guru Original, que juntou um exército de quatro pessoas para adorá-lo e ficou conhecido localmente como um dos maiores autores de gaveta de todos os tempos – sentado em um pedestal caindo aos pedaços, forjado pelo próprio ego inflado, clichê do criador atormentado, rodeado por papéis todos desorganizados e alguns tocos de lápis quebrados ao meio, sem pontas, o caos como sinal de gênio, todo altivo no trono do incompreendido, lutando bravamente para convencer a si mesmo de que morrer no limbo significa algum tipo de virtuosismo incrível e que a culpa de todo o mal, claro, é sempre dos outros. O derrotado em essência.

Não escondo minha vergonha: fui um dos quatro, sim, até tatuei no braço o símbolo do movimento, mas não demorei para perceber que brincar de *underground* cansa, ainda mais quando se está cercado por fracassados que não saem do lugar. Por revolucionários de gaveta, piadistas. Você está sendo muito ingênuo se acha que os artistas da fome não estão sujeitos exatamente aos mesmos jogos de ego e poder que regem os mais bem representados, só porque bravatas revolucionárias – no imaginário popular, pela pose enfática – configuram um tipo de autoconsciência afiadíssima, elevada, portanto superior à dos que escolhem jogar o jogo como ele é – podre, execrável. É a ilusão de sustentar uma postura eticamente superior, sendo que aquele que põe um pingo de tinta no papel já está berrando por atenção – independentemente de sua condição financeira ou visão de mundo. Aquele que faz um verso. Aquele que pinta um quadro. Aquele que canta. Aquele que dança. Aquele que faz um comentário alto na mesa de bar. Todos produtos de uma necessidade de atenção intrínseca à experiência de existir em comunidade – um pavão quer ser mais colorido do que o outro, e não registro isso com maldade, de verdade, mas como constatação pura e simples. Lutar contra as engrenagens do sistema vigente, quando na verdade você está sendo um pavão descolorido tentando ganhar méritos por isso, é ainda mais boçal do que dançar conforme a música. Libertar-se da necessidade de ser uma ave em preto e branco te faz perceber que às vezes toca Led Zeppelin e Pink Floyd na vitrola – há vida possível. É muito raro, mas acontece. Acontece e propõe uma conexão maior com a realidade, bem diferente do que a experiência alienante de grupo impenetrável tem a oferecer.

O ressentimento infantil contra as panelinhas literárias emanava das palavras do Guru Original, enquanto seu microcosmo era imaculado e inatingível – a estratégia perfeita para parecer invencível: condeno um tipo de comportamento e ajo exatamente da mesma forma, só que dizendo que sou contra aquilo que condeno e proponho, em troca, um palavreado vazio de significado mas estrondoso como um desfile carnavalesco, convincente pois carismático – no maior estilo sofista, charlatão. Uma pessoa com esse perfil nutre uma vontade de poder incrível, aliada a uma capacidade de manipulação hitleriana. Por que ninguém nunca cita a importância do carisma de Adolf ou de todos seus semelhantes nos processos catastróficos que tomaram conta do mundo em determinados momentos? E todos que a seguem, a essa pessoa pretensamente honesta e contestadora, independentemente do ano ou país, acabam tragados por um vácuo aterrorizante – vão morrer rolando na merda, felizes, como se tivessem respeitado um pacto tácito com a miséria que representa a vida como ela é, a realidade nua e crua; vivem perseguindo algo imaculado (e indefinido, mas cheio de pose) que subjaz à expressão literária pura, que não se dobrou às corporações e aos poderosos, fiéis à pureza e à visceralidade de uma produção cristalina, verdadeira, enquanto a outra arte – dos vendidos, segundo os puros – não passa de merda.

    O ingênuo Guru jamais entendeu que enfiar um pau subversivo no *mainstream*, como um estupro, é muito mais proveitoso do que ficar gritando para ninguém ouvir, e por isso sofre, e esperneia, e se debate, e nada muda, e ninguém liga. É de uma carência tocante. Desde que me afastei dessa farsa, repensei minha visão sobre a produção artística e cheguei tanto a conclusões quanto a conquistas satisfatórias. Isso abriu meus olhos para outra coisa: o quanto ficar preso a um pequeno grupo dito subversivo empobrece sua visão de mundo. O pequeno grupo dito subversivo irá chamar de prisão e farsa o sistema vigente, que é realmente cheio de falcatruas e dá nojo, mas irá construir uma microrrealidade bem semelhante. Além disso, conviver com um pequeno grupo dito subversivo é como habitar uma comunidade judaica ortodoxa: cheia de regras e a necessidade de medir palavras, produzindo – e sendo alvo de – constantes comentários maldosos a fim de que haja uma espécie de manutenção do pequeno poder resultante da reunião daquelas pessoas em torno de uma "causa única" – a de ser um pequeno grupo dito subversivo, seja lá quem esteja mais bem cotado no momento (dentro do pequeno grupo dito subversivo), alvo de pouquíssima atenção e orgulhoso disso, pois só ganham muita atenção os falsos, vendidos e medíocres. Aos reais, o silêncio.

É um exercício exaustivo, e seguir nessa exige realmente uma incapacidade incrível. É a opção mais fácil àqueles que têm preguiça de pôr a mão na massa de fato, com seriedade, de tentar quebrar a barreira da invisibilidade que é posta entre o escritor e a sociedade. Não estou dizendo que realizar esse rompimento vá necessariamente alavancar sua produção a níveis estratosféricos, até porque isso é ilusório no país roubado dos índios, mas ao menos você estará sendo mais gentil e producente para consigo mesmo: irá abandonar a ilusão de se sentir acolhido e revolucionário dentro de um pequeno grupo literário dito subversivo para buscar novos ares, independentes, altos voos e quedas livres. Pode dar tudo errado, e provavelmente dará, mas terá sido uma verdadeira experiência calcada na bestialidade do real, um enfrentamento, bater com violência na redoma que te separa do grande público, e não mais um comportamento restrito ao conforto demencial de se fingir um Che Guevara das Letras – absurdamente hipócrita.

    Também não vou mentir: abrir mão da ilusão de acolhimento não foi nada fácil. Resolvi pelo afastamento completo, bem na época que tinha terminado o namoro com minha Mary Jane, meu amorzinho. Além de deixar os garotos à deriva e mandar a Maria tomar no cu de puta dela, larguei o álcool e a cocaína – temporariamente. Quer dizer, fiquei sem absolutamente uma só razão para esboçar qualquer ameaça de sorriso. Nos primeiros dias de sobriedade e abandono senti que estava realmente prestes a me matar, de uma forma que nunca estive antes, com calma – porque era tudo real de fato, insalubre, não tinha como eu forjar desculpas para meu mal-estar generalizado, ele era necessariamente fruto de abrir os olhos dia após dia, sem sentido. Não tinha mais nenhuma ilusão – grupinho literário, amor romântico ou entorpecimento – para me proteger do sentimento violento de que viver é um erro e muito perigoso. Mas resisti. Resisti e escrevi meu segundo livro, simbolizei a dor. Foi essa a obra premiada – mais de cem mil reais na minha conta e uma passagem para receber o cheque simbólico e o caneco em Portugal, com tudo pago. Quando recebi a notícia, naquela manhã em que limpei o cu com meu diploma de Letras, senti-me como um cão bonzinho ganhando um biscoito em forma de osso. Senti-me dono do mundo. Senti como que louco de raio às cinco horas da manhã de uma quarta-feira, sentado em uma sala escura e escutando som, fumando cigarro vermelho compulsivamente e bebendo cerveja, espiando de vez em quando o Pornhub só para me certificar de que o pau realmente não está funcionando. Em resumo, senti-me vivo de novo. E precisei tirar o atraso. Com escândalo.

Primeiro ato – Luzes

Antes mesmo de o dinheiro cair na conta fui à biqueira falar com meu contato direto, o Tetinha – um verdadeiro imbecil, detentor de mamas salientes como o apelido sugere, sempre vestido com roupas coloridas de marcas caras, justo em seus atos e sagaz no trato com a rua, uma sabedoria que sempre me foi muito mais atrativa do que a dos livros ou, deus me livre, da academia. Dos professores doutores cujas vidas orbitam os metros quadrados caríssimos de apartamentos de três quartos enormes no Centro de Curitiba.

O Teta ficou radiante quando me viu. Fazia quase dois anos que eu não aparecia naquelas bandas, e antes a gente costumava trocar a maior ideia quando a polícia não estava fazendo rondas pela área – isto é, quando o babaca responsável pela propina do mês esquecia de pagar a corporação ou dava deliberadamente um calote porque estava chafurdado no vício e tinha cheirado a pequena fortuna destinada à paz da comunidade. Acho que ele sentiu minha falta, assim como eu senti a dele. Ele costumava me fazer perguntas a respeito do meu mundo asséptico, normalmente quando estava chapadão de ganja, e eu informava-me sobre a crueza de seu universo. A cada encontro pensava em abandonar as letras e cair de cara no submundo, mas não passava de um lapso ultrarromântico – fortemente influenciado pela cachaça no meu sangue, já que para sair a pé de madrugada para ir à favela buscar droga, em um bairro perigoso, é preciso estar minimamente doido. A loucura tem várias caras.

Apesar da fissura colossal, não recaí já no primeiro contato. Encomendei dez galos de farinha, três buchas de K e um pouco de maconha, só para distribui-la na jornada que eu tinha em mente e, com alguma sorte, picotar umas bucetas universitárias. O Teta achou o pedido meio escandaloso: "Quer se matar, gay?!" Expliquei a ele que tinha uma festa furiosa em meus planos para um futuro próximo. Tinha ganho um grande prêmio literário e iria comemorar devidamente. Para finalizar, solicitei o roubo de um Opala Diplomata 4.1 S preto, no melhor estado de conservação possível, com o tanque cheio e um sistema de som moderno.

"Você sabe que eu não mexo com essas merdas, viado."

"Ô Teta, não seja pilantra. Quebra essa pra mim."

"Beleza, gay. Mas nem pense em falar disso pra ninguém. Passa aí daqui uma semana. Te mando depois quanto vai ficar essa encrenca."

"Valeu mesmo, Tetão. Vou te levar pra dar uma volta no Opala e encher a cara de uísque no Centro."

"Eu não vou ficar andando em carro roubado, né, escritor?! Vai lá, mete o pé, que depois a gente se fala."

A semana passou se arrastando. Mal saí do quarto, dormi muito pouco – a essa altura já tinha parado de tomar remédios para empacotar, depois de meses e mais meses refém dos efeitos violentos da psiquiatria, e estava prestes a fazer um retorno triunfal ao que eu amava de verdade – a perversão e o lixo. Ficava checando se o dinheiro do prêmio tinha caído na conta a cada dez minutos, mais ou menos. Cada vez que aparecia zerada eu pensava em moer o celular na parede, depois de ter fantasiado uma ligação para aqueles bostas de Portugal, colonizadores filhos da puta, mandando-os enfiar a merreca no rabo porque eu não queria mais bosta nenhuma. Consegui me acalmar todas as vezes, graças a deus, e o dinheiro acabou caindo no dia combinado, junto com um e-mail contendo minhas passagens aéreas e o dia e a hora de ida e volta certinhos. Pediam que eu considerasse sair de casa com antecedência, desejavam uma boa viagem desde já e diziam que me esperavam com ansiedade, que eu era o mais jovem a ganhar aquele prêmio e que a cerimônia seria bem bacana. Foram corteses, muito bacanas. Deu para perceber que realmente levavam a sério a coisa toda – e, para um desconhecido como eu ganhar aquele prêmio, também ficou claro que o concurso não envolvia nenhuma patifaria. Nem respondi ao e-mail. Preocupei-me um pouquinho com o fato de eu não ter carteira de motorista e em como explicaria aquele carro para minha mãe; concluí que pouco importava, porque ia pegar o Opala e sair por aí, arranjar um canto para mim e nunca mais dar satisfação nenhuma para ninguém. Essa ideia de uma liberdade violenta sempre me foi muito importante, muito mais do que o bom relacionamento com qualquer membro da família. Se você deseja qualquer esboço de paz, afastar-se das neuroses primais é essencial. Sei lá. Às vezes penso que há algo muito errado comigo, mas não me demoro muito nisso. Não vale a pena. Que se foda esse mundo perdido. Eu viveria o paraíso.

Segundo ato – Câmera

A César o que é de César, a mim o que é meu. Na madrugada do dia em que o Tetinha falou para eu voltar à favela, soquei minhas camisetas de banda numa mochila preta, calcei meu Nike modelo Kobe AD Black Mamba, preto com amarelo, e vesti um jeans escuro da Marisa, confortável. Olhei por alguns segundos para minha estante de livros, tantos anos para montá-la. A estátua do buda enforcado por um terço me olhava com admiração. Peguei o exemplar de *Hamlet*, certo de que a história do príncipe da Dinamarca teria algo a me dizer em noites solitárias, e algumas cópias do meu próprio livro – o premiado, chamado *Olhos de tigre*. Saí fora sem tentar pensar muito no que estava fazendo – na hora agá, querendo ou não, surgiu o ímpeto de desistir de toda a loucura. O ímpeto da parcimônia, aquele mesmo que faz com que pessoas passem pela vida sem a menor emoção ou alegria.

Não me deixei fisgar pelos truques divinos, já estava havia muito tempo só existindo – no café e aguinha, tudo morno e infeliz, sempre hidratado para o próximo pranto. Acendi um cigarro vermelho, coloquei Black Sabbath estourando no foninho do celular e fui que fui, com o baixão sinistro de Geezer Butler e a voz robótica de Ozzy abençoando minha caminhada sob uma lua bem bonita.

    Atravessei a passarela que dava na biqueira me sentindo um anjo. Uns dois ou três pilantras me cruzaram o caminho, o pessoal caminha apressado nas madrugadas do submundo. Desejei a todos uma boníssima noite, sorridente pelas vielas pouco iluminadas. A fogueira estava acesa na quadra em que os meninos trabalhavam – significava que seria um começo de mês calmo, com propina em dia e pó correndo solto. Com os porcos bem alimentados, paz para os rapazes. Nenhum cachorro louco para foder nossa alegria.

    O Tetinha me viu e já foi logo abrindo um sorriso grandão. Berrou, lá de longe: "Olha o escritor chegando, cheio de marra! Daí, ô seu viado." Que gente fina. Apertei o passo e só recebi boas notícias. O Opala estava me esperando em uma ruela sem saída, logo adiante, com as drogas que encomendei no porta-luvas. A grana já tinha sido repassada pro Teta, tudo online. A placa do carro estava trocada e ele me garantiu que não foi 157, mas sim um roubo sem coerção, que eu podia ficar tranquilo e fazer as merdas que queria fazer em paz – mas pra não queimar a cara demais, óbvio, o troço não deixava de ser sujeira braba e se caísse a casa eu estaria é fodido.

"Trabalho profissional mesmo, hein, Teta?! Só agradece, meu querido", disse abraçando-o. "Vamos estourar uma bomba lá no Opalão?"

"E desde quando você fuma verde, escritor? Achei que só curtia farinha."

"Me pegou, Tetão. Vamos lá, você mete fogo na Babylon e eu estico um teste pra cardíaco."

"Demorou, viado."

Peguei a chave do carro – senti seu peso e suas promessas, feliz pra caralho. Sentei no banco do motorista, cheiro de carro novo. Nenhum arranhão na lataria, vidros elétricos funcionando, o som direitinho no lugar, bem como eu tinha pedido. Bancos de couro, coisa mais linda. Segurei as lágrimas naquele momento. Apesar de ser o querido Teta ao meu lado, não me permiti esse nível de intimidade. Pedi a ele que me passasse uma bucha de raio. "Tá na hora de tirar o atraso!", disse – caricatural – batendo uma linha gordíssima no livro do Shakespeare, tonto de alegria. E o Teta achando tudo hilário. Nunca entendi direito, para ser bem sincero, se ele me tratava bem por ironia ou se ele realmente me achava um cara bacana. Às vezes penso que ele só tirava onda com a minha cara. Que no segundo em que eu ia embora ele ficava rindo de mim e comentava com os outros moleques o quão mongol eu sou e jamais deixarei de ser.

"Vai com calma, escritor. O coração tá fora de forma."

"Tá tranquilo, Teta. Hein, pega um desse aqui pra você", entreguei um exemplar do *Olhos de tigre* e comi o lagarto com o nariz. Baque instantâneo. Que saudades eu estava daquela ardência e uma sensação automática de contentamento – não é que o efeito seja imediato, mas somente o ato de aspirar a linha com a nota meticulosamente enrolada, o ritual, já oferece um barato tão bom quanto a ação da droga em si. Eu, que não era acostumado a cheirar sem beber, decretei um início de festa radical. Um rompimento escandaloso com a sobriedade. Onde eu estava com a cabeça, afinal, quando achei que cortar as drogas faria com que esse demônio que me habita fosse embora? O buraco é bem mais embaixo. Sabia que dali a pouco o negócio ia ficar louco, e era melhor já ir ligando o carro e pegando intimidade com o pretão. A gente ia passar muito tempo junto, e eu precisava aprender a tratá-lo da melhor forma possível. Com carinho.

Falei praquele gordo do Teta meter o pé do meu carro, burrão do cacete, e quase quebrei a chave já na primeira tentativa de ligar o bicho. Puta que me pariu do caralho. A respiração já estava dando umas travadas regulares, os olhos paravam de repente em um ponto fixo e era difícil desviá-los. A língua voava pelos lábios e rolavam umas piscadas tipo espasmo. Exatamente do jeito que eu queria. Não lembrava que o troço podia ser violento assim.

"Ô Teta. Teta, porra! Seu filho da puta. Me dá um copo d'água, Teta", berrei olhando pela janela do meu assento, com quase todo o torso pra fora do carro. Berrei pro nada, porque a ruela ficava distante da fogueira e ele tinha saído fora quando eu fui estúpido, nem se despediu. Já fiquei todo arrependido, aquietei os ânimos e consegui ligar o carro. Com a calma do monge, pluguei o cabo USB no celular e dali no som. Escolhi *Chama os muleke*, da ConeCrewDiretoria, superalto, e meti a ré com dificuldade. Tirar o Opala do beco, já em estado lamentável, foi quase um milagre. Soube que Deus estava do meu lado, e que aquela madrugada seria a primeira de muitas – de diversão e relaxamento, sem deixar de considerar um terror que já se apresentava bem de leve. Um terror que nunca deixou de estar presente, na verdade.

Fui dando breves trancos no Opala, sem confiança para manter uma velocidade constante, e prestando uma atenção doentia à pista. O som me deixando quase surdo. Olhos vidrados em qualquer coisa que se mexia. Os meninos viram o carro embicar bem de leve na esquina e se assustaram, achando que era a polícia. Só ela fazia curvas daquele jeito, se insinuando. Perceberam logo que era o escritor dando um passeio com seu novo possante e voltaram aos seus lugares, praguejando. Dei uma acelerada brusca, fazendo um barulhão do caralho, e parei do lado deles.

"Me dá uma bera aí, piranha", falei olhando diretamente para uma loira de decote e jeans colado, que coisinha linda. Maravilhosa. De chinelinhos brancos, pés angelicais, por um momento me imaginei oferecendo uma quantia absurda de dinheiro para termos um momento em que ela cumpriria todos meus fetiches. Cheirosa, ainda por cima, senti de longe. As batidas do Papatinho me faziam sentir como o Rei do Crime – um pouquinho mais esbelto, quase nada. É claro que não passou pela minha cabeça que ela podia ser namorada de alguém e que, sendo assim, eu estaria absolutamente fodido. Minha festa terminaria já de cara. Os anjos disseram amém pela segunda vez em menos de uma hora, o Teta apareceu com um latão de Polar e acalmou minha psicose, interferindo no berreiro que começava para cima de mim. "Relaxa. Relaxa. Relaxa", tirou a cambada que já estava quase me arrancando pra fora do Opala pra me encher de porrada.

"Sai fora, poeta. Você tá muito louco já."

"Beleza, Tetudo. Achei que você era meu amigo", falei tomando a lata da mão dele com ignorância. "Não conte mais comigo pra nada, seu pilantra. E eu vou voltar aqui pegar de volta o exemplar do meu livro. Vai todo mundo tomar no cu", e saí cantando pneu, a cerveja ensopou minha calça. Eu nem sabia como fazer essa porra de sair cantando pneu, mas aconteceu. Tudo conspirou para um fim de ato cinematográfico.

Terceiro ato – Desígnios de Deus

E agora, eu ia fazer o quê? Viver. Enforcar-me com a corda da liberdade. Não aguentei a neurose daquela linha gorda, precisei estacionar o Opala depois de rodar alguns poucos quilômetros a caminho do Centro. Naquele estado, tinha certeza que a polícia ia me parar e me prender. Na prisão, eu seria currado por um negro de pinto enorme e insultado de todas as formas, reduzido à minha condição natural: a de verme, párea. Não tinha a menor dúvida, parei o pretão e respirei fundo. Fumei um cigarro atrás do outro e mamei sei lá quantas latas de Budweiser, compradas na primeira distribuidora que vi. Tocava Pink Floyd, *The Trial*, e pensei em um velho amigo nosso, morto em um acidente de moto. Mais para o final da vida, quando já tinha judiado tanto da mente que estava tomando remédio para esquizofrenia, ele costumava sair de carro pela madrugada, chapado, e buzinar na frente da casa de todo mundo. Ninguém mais o atendia, ninguém mais o aguentava; a tristeza natural que trazia no peito se misturou com uma sensação plena de abandono. O abuso de drogas, que já era horrendo, piorou consideravelmente. Numa manhã qualquer, nem lembro o ano ou o mês, mencionaram em uma conversa de boteco que ele tinha morrido. Falaram como quem não quer nada. Como se fosse uma notícia irrelevante de um jornal local. Eu também não me impressionei, e nem me entristeci, pois aquilo era o óbvio e tenho certeza que ele estaria em um lugar melhor. Mesmo que no inferno. Não sai da minha cabeça que foi suicídio.

Depois de algumas latas, renovei meus ânimos. Voltaria à direção. Assim que parei de encarar o para-brisa e comecei a raciocinar, dois problemas surgiram: estava bêbado demais para dirigir, eu que não tinha experiência nenhuma, e com uma vontade danada de cheirar mais farinha. Fui heroico, paciente: entendi que ao chegar no Centro poderia fazer tudo aquilo em paz, enquanto se ficasse ali parado num lugar suspeito, com carros passando ao meu lado toda hora, só iria desfrutar da neurose. Saí do carro para mijar em algum bequinho e aproveitei para testar meu equilíbrio. Estava razoável. Acendendo um cigarro e me apossando do espírito aventureiro, com certeza chegaria ao meu destino incólume. Tentei fazer um quatro, erguendo os braços e cruzando uma perna na outra: caí sentado. Puto com a fragilidade do corpo humano, voltei pro

Opala e tentei abrir a porta. Nem isso, puta que pariu. Era só o pininho da porta que estava baixado – tenho certeza, vendo em retrospectiva. Enfiei uma bicuda na lataria e entrei pelo vidro do motorista me contorcendo todo, gemendo baixinho, quase chorando. Que idiota. Ofegante e quase enfartando, parti.

Eu estava no caminho do bem, bem devagar pela rua Anne Frank, no Boqueirão. Sabia estar em uma paralela à Marechal Floriano, avenida que leva ao Centro. Uma hora chegaria naquela porra, por mais que meu senso de tempo e direção estivessem deturpados. Foi nessa travessia que me deparei com um milagre. Parada em uma esquina, ao lado de outras duas belezuras, uma mulher alta e magra fumava um cigarro, branca-alva, com seios protuberantes e shortinho grudado, corte de cabelo Chanel, sem muita bunda mas esbelta que só, usando rasteirinhas – pés sempre foram meu fraco. Entendi naquele momento os desígnios de Deus: eu precisava de uma acompanhante. Por trás de um grande homem, afinal, sempre existe uma grande mulher. Seríamos Bonnie e Clyde contra o mundo. Mickey Knox e Mallory Wilson. Kurt e Courtney. Sid e Nancy. Baixei o Wu-Tang Clan escandaloso do som e fui tentando estacionar o Opala sem subir na calçada e matar o amor da minha vida.

"Oi, amor. Quer dar uma volta no Opalão?", perguntei com a voz arrastada, olhos meio de peixe morto. Em um lapso de autoconsciência, percebi como aquilo saiu mal. Pareceu um convite à aniquilação feito por um bêbado sádico, que com certeza iria amordaçá-la, queimá-la com bitucas de cigarro e, enfim, estuprá-la e enforcá-la, terminando por jogar o corpo em uma valeta, cheio de hematomas e uma expressão mista de dor e desespero que sobreviveria ao último suspiro da alma.

Ela se aproximou da janela do passageiro: "Claro, bebê". Puxou um canivete retrátil e, segurando-o com a mão esquerda, abriu a porta e sentou do meu lado. Fiquei estático. Eu não tinha más intenções, juro. Olhei pra ela assustado e percebi, não sem algum horror, que se tratava de um rapaz. Um homem. Que homem lindo. Que merda. E agora, meu Deus do céu? Se eu expulsá-lo do carro, tenho certeza que tomo uma facada. Ou levo um monte de porrada. Não posso sair na mão com uma transexual neste estado lamentável. Já assisti aos vídeos. Sei que gostam de encher de cacete esses clientes abusados. Deu ruim. Muito ruim. Mas e se for operado? Operada?

"Como é seu nome?", saiu como um choro reprimido.

"Melissa. E o seu, meu bem?"

"Pingo."

Entendi que eu é que acabaria desovado na sarjeta, podre de bêbado e com resquícios de cocaína no sangue. O futuro se apresentou com uma obviedade horrenda. Não aproveitaria nem metade da minha pequena fortuna. Não seria feliz como imaginei. Escritor premiado é encontrado morto, com o próprio pênis enfiado na boca e cento e oitenta facadas pelo corpo. Talvez eu tenha pecado demais nesta vida. É assim que as coisas são. Realmente achei que sairia ileso dessa jornada, tendo sido um filho da puta durante toda minha existência? Negativo. A conta chegou, o garçom é Satanás.

Mais confortável com meu destino, algo destemido, perguntei – cheio de graça: "Devo te chamar de ele ou ela?", e quase me recolhi para dentro do meu próprio corpo, esperando uma estocada da lâmina afiada.

"Há mais coisas entre o céu e a terra do que sonha nossa filosofia", respondeu Melissa, com profunda seriedade. Percebi que ela estava olhando para o exemplar de *Hamlet* com restinhos de pó na capa. A resposta me acalmou um pouco, quase nada. Soltei uma risada desproporcional, meio histérica, e freei bruscamente em um sinal vermelho. Olhei de esguelha pra Melissa, percebi que ela me olhava com a sobrancelha esquerda levantada e um meio-sorriso maroto, dentes bem cuidados e lábios pintados de forma discreta. Vontade de avançar. Lembrou-me a cara de safada da Sasha Grey, só que com traços um pouco mais brutos, quadrados, e um pomo-de-adão levemente saltado. Acabei me animando.

"Gosta de Shakespeare, Melissa? Pode me chamar de Bill, aliás."

"Gosto, Pingo. Demorei para aceitá-lo. Tenho esse sério problema com autores festejados pela academia. Proust mesmo não me desce até hoje. Não consigo ver nada ali além de um fanfarrão – burguês – que se trancou num quarto para escrever um monte de merda pedante e absurdamente chata, lida por pessoas tão insossas quanto o próprio autor. O mesmo vale pro Balzac. Que, aliás, tinha uma aparência ridícula. É preciso se cuidar, sabe? Um artista precisa de dignidade. Eu sei. Eu sei que hoje em dia existem esses movimentos pró-obesidade e aceitação do corpo como ele é, por mais horrendo que seja, mas ninguém me engana: gordura é relaxo. Um homem primitivo jamais sobreviveria sendo um porco preguiçoso. A vida é uma selva, Pingo. Uma guerra permanente, até hoje, por mais pretensamente intelectual que você seja. Viver é muito perigoso, sabe disso. É preciso se adaptar e aprender a lutar bravamente. Só resistem aqueles que nasceram para o dever de guerrear e nunca ter medo. Como Aquiles, o Pelida. Como Maria Deodorina."

Minha Nossa Senhora, em que enrascada fui me meter? Senti falta do meu Buda enrolado em um terço. Tive a certeza de que ele seria providencial naquele momento. Que me protegeria de todo o mal iminente – sentado ao meu lado, pronto para atacar quando oportuno. Mentalizei as palavras de *Salmos*, em busca de conforto no seio divino: "Ainda que eu andasse pelo vale da sombra da morte, não temeria mal algum, porque tu estás comigo; a tua vara e o teu cajado me consolam."

"Por que está tão tenso, meu bem?", tocou meu ombro. Quase bati o carro.

"Não é nada, Melissa. Acho que bebi demais, só isso", já estava até sóbrio àquela altura. Mecanismos primais se ativaram, a adrenalina sobrepôs o efeito do álcool – pupilas dilatadas, possíveis reflexos defensivos inesperados, instinto de sobrevivência à flor da pele.

"E o quê que a gente vai fazer de bom, Pinguito?"

"Não sei. Tem alguma sugestão? Algum lugar mais reservado?", agora parecia um homem casado dando uma escapadinha condenável, cheio de receio, com dois filhos – uma menina e um menino – dormindo, inocentes, sem jamais imaginarem que o pai faz esse tipo de coisa pela madrugada. Para a esposa, diria que o trabalho tá foda e é preciso fazer horas extras. Se ela reclamasse, bastaria jogar na cara que o dinheiro da casa vinha todo dos meus esforços, então que ela calasse a porra da boca de puta sanguessuga e parasse de me encher o saco.

"Tenho, meu bem. Vamos para o meu estúdio no Centro. O que acha?"

"Claro. Claro. Ótimo. Vai me dizendo o caminho", era tudo que eu precisava ouvir. No Centro teriam mais pessoas, eu ficaria fora de risco. Pediria a Melissa que descesse do carro no primeiro momento oportuno, perto de algum grupo de jovens. Acho que ela não teria coragem de me agredir em praça pública, com uma plateia que poderia denunciá-la aos homens da lei. A polícia chegaria na cena do crime e o quê? Conversariam comigo, eu falando arrastado desse jeito e com o porta-luvas lotado de cocaína, K e maconha? Que filme de terror. É esse o resultado de querer dar uma de Hunter Thompson. Kerouac. Bukowski. Burroughs. Welsh. Will Self cheirando heroína num jato fretado da realeza inglesa. Todos os desgraçados do papel, da distante fábula, tão heroicos no mundo das ideias. Eu devia ter ficado na casa da mamãe, bem bonitinho, deixando o dinheiro render na poupança e planejando atividades produtivas, intelectuais. Devia ter-me mantido sóbrio, mesmo que triste a um nível suicida. Planejado viagens, de repente, o que sempre significa positividade para seu círculo social – sobretudo familiar. Sempre quis conhecer Las Vegas – madrugar no pôquer, assistir a shows de strippers angelicais, jogando dólares nelas e cheirando pó em uma bandeja de prata, com o pinto duríssimo e tomando drinks exóticos; na manhã seguinte, culpa nenhuma. Tudo dentro dos conformes. Cheio de promessas divinas, imbatível. Mas não: estava preso com Melissa em um Opala roubado, próximo ao Centro de uma capital morna e provincial, sem nenhuma expectativa senão a morte.

"Pingo. Pode aumentar o som, por favor? Adoro Wu-Tang Clan."

"Óbvio. Sem nenhuma dúvida. Lógico. É pra já."

O Method Man dizia que o dinheiro comandava tudo à sua volta. Gritava. Eu não estava em condições de negar: tentava abraçar toda e qualquer esperança, mesmo uma que apontasse a vitória do capitalismo. O Tetinha fez um ótimo trabalho, com certeza. Sonzão e estilo. Eu não devia tê-lo tratado mal daquele jeito. Acho que vai compreender mais para frente, espero. As coisas se ajeitam. Ele sabia que eu não me drogava havia muito tempo, a gente acaba perdendo o controle. O próprio Mike Tyson já disse, rindo, que fazemos coisas idiotas quando estamos chapados. É assim mesmo. Se não for nada grave a ponto de te matarem com um tiro de trinta e oito enferrujado, ótimo. Vai dar tudo certo.

A música me tirou das divagações e lembrou que eu precisava discutir preços com Melissa. A pergunta iria profissionalizar a situação. Ficaria claro que ali estava um cliente honesto, e que ela não precisava me matar – na primeira oportunidade – para tomar meu escasso dinheiro e inexistente dignidade: eu pagaria tudo certinho, sem a menor dúvida, sem barganha – com profunda obediência.

"A gente pode falar de preços?"

"Relaxa, Pingo. Vamos subir no meu estúdio antes. É logo ali na frente. Tenho uísque e gim. Você leva pó pra gente?"

Quarto ato –
Ardis do Inimigo

O estúdio de Melissa parecia o céu. Havia enormes réplicas de pinturas do Banksy pelas paredes, emolduradas com esmero, não sei se originais, e outros autênticos do Joan Cornellà. Uma verdadeira biblioteca construída sob medida, com títulos e autores sensacionais – de Dostoiévski a Houellebecq, passando por Guimarães Rosa e Reinaldo Moraes, com toques de crítica literária e obras de não ficção (cinema, teatro, artes plásticas, gastronomia). Literatura fresca e clássica da melhor qualidade. À primeira vista, graças a Deus, nenhum exemplar de Tchékhov ou Flaubert. Além disso, uma vitrola moderna repousava na sala e uma coleção enorme de vinis ficava ao lado dos livros, também em um espaço construído com exclusividade. Tudo muito limpo e organizado. Pensei estar presenciando um milagre. Melissa percebeu minha estupefação, não que eu tenha tentando escondê-la, e deixou eu ficar passeando pelas obras por um tempo, antes de sugerir: "Bate uma linha ali na mesinha espelhada, Pingo, senão você vai morrer de cachaça. Apaga a luz principal, acende a lamparina roxa. Vou preparar um cowboy pra gente."

Sentei no sofá de couro preto me sentindo um rei, nenhum resquício de paranoia. Fiz o que ela sugeriu e estiquei seis linhas generosíssimas, acabando com a primeira leva de farinha. Cheirei uma com gosto, barulhento. Trouxe só um pouco, achando que minha estadia seria breve e que, na primeira oportunidade, escaparia daquela enrascada. Não poderia estar mais errado: agora eu queria é viver ali para sempre, pedir Melissa em casamento e gastar todo meu dinheiro numa aliança incrível, realmente muito bonita. Já estava decidido a encarar seu pênis – seja passiva ou ativamente, o que o destino propusesse.

Eu não mandava mais em nada. Estava refém daquele paraíso – vítima consciente da síndrome de Estocolmo, mais ou menos como naquele conto do *Breves entrevistas com homens hediondos* em que a mulher estuprada se entrega ao algoz, gemendo com tesão, e o louco a abandona para se matar com privacidade. Comecei a ponderar: será que fazer amor com um travesti constitui homossexualidade?, e em um segundo entendi a minha própria cilada mental – a palavra amor, para começar, e a reboque todo o julgo social. Eu sabia que não se tratava somente do medo que eu sentia das observações que um heterossexual de vida perfeita poderia fazer da situação, apesar de que provavelmente tenha sido isso. Algo me barrava – não o bastante. Existe todo esse toque feminino, observei em minha defesa masculina. O Skylab tem reflexões pontuais sobre o estranhamento causado por essa criatura paradoxal: trata-se de uma figura feminina que, ao tirar as calças, apresenta um pênis – grande, pequeno ou médio – que não é um pênis *de fato*, mas um adorno diferencial em uma compleição feminilizada, de ordem quase surreal. É o absurdo literário aplicado à vida, tentei racionalizar. Nesse embalo, veio-me outra questão milenar do universo heterossexual: e se o órgão da Melissa for maior que o meu, coisa que não é muito difícil? Coisa que é *bem pouco* difícil? O quão vergonhoso seria? Apesar de que ninguém precisa ficar sabendo. O que ninguém viu, não aconteceu. Vai fazer parte da experiência, Pingo. Vamos nessa.

"Aqui o teu uísque, Pinguito", Melissa me despertou das profundas questões. "Já entendi que você não quer fazer nada. Não se preocupe. Vamos só curtir a madrugada. Sei que você acabou de ganhar um prêmio com o *Olhos de tigre*. Tenho algumas críticas ao livro, se você estiver disposto a ouvi-las. Mas, em geral, achei merecido."

Os ardis do inimigo se apresentaram com clareza. Que péssimo momento para isso, justamente quando o pó bateu de novo. Emborquei o Jack Daniel's com desespero, sentindo a língua gelada e os dentes sensíveis, existentes, como partes do corpo que não deveriam ser sentidas conscientemente – não se sente o pulmão inflando e murchando a todo segundo, da mesma forma que a dentição, no mundo ideal e sem cocaína, é uma parte do corpo feita especificamente para triturar alimentos, e não deve ser percebida a todo segundo; funciona sem racionalização.

"Como você sabe de tudo isso, Melissa? O *que* é você?"

"Como assim, Pingo? Eu só acompanho as notícias do mundo literário."

"Mas e esses quadros? Os vinis? Os livros? Por que esse apartamento é tão limpo? Por que o teu Chanel é tão perfeito? E esses olhos azuis?"

"Você tá começando a me ofender, maluco. Se acalma. E me passa a nota enrolada."

Fiz o que Melissa mandou. Que imponência graciosa. Ela cheirou a farinha com uma elegância distinta, o mindinho da mão direita levantado, como se estivesse tomando uma xícara de café, cuidando para que os cabelos não tocassem o produto, sem barulho algum. Passou o filtro vermelho do cigarro no pó, roubou uma lasquinha da outra linha com o indicador e benzeu as gengivas. Estalou a língua e acendeu o palito de câncer, inclinando-se para trás no sofá, bem à vontade. Acompanhei a ação com uma atenção desmedida. Estou me apaixonando por Melissa?

"Escuta aqui. Por que você me chamou de Pinguito? A Maria me chamava assim. Não quero mais saber disso, porra!", disparei para romper o encanto.

Diferentemente de mim, Melissa ficava muito mais relaxada depois de cheirar. Verdadeiramente feliz. Eu ficava explosivo, escandaloso. Tudo de ruim que me habitava vinha à tona. Queria arranjar briga até com minha sombra. Nesses descontroles, no passado, fui ameaçado de morte duas vezes. Ainda estou aqui, mas, como se vê, seguia tentando fazer uma grande cagada. Quase dei uma porrada na mesa de vidro depois da pergunta – graças a deus, não o fiz.

"Quem é Maria, Pingo?", perguntou indo em direção aos discos. "Que tal um *Kind of blue*?"

Minha doce serpente. Maria entrou na vida de Pingo em um momento providencial. Pingo tinha acabado de sair de uma clínica de reabilitação, onde passou 30 dias após mutilar a si mesmo com uma faca de cozinha. Mamãe ficou triste e resolveu pelo basta. O ato em si não foi nada sério, o que pesou foi a ideia. O imaginário poluído por intenções necessariamente ruins. Ele estava cheirando muito pó na época, via-se totalmente perdido e sem perspectivas – trabalhava servindo mesas em bares de gente rica para ganhar um dinheiro a mais, e gastava-o integralmente em álcool e farinha. Não se relacionava com uma mulher havia quase três anos, inclusive prostitutas. Masturbava-se diariamente, mas não passava disso, sendo a maioria morna e sem orgasmo – o pinto quase de todo mole, lamentável. O desejo sexual restava como uma lembrança distante, quase um simulacro. Sua atenção estava voltada exclusivamente à aniquilação. Seus trabalhos esporádicos como redator de periódicos culturais vinham decaindo de qualidade, em um ciclo autodestrutivo – pessoal e profissional: quanto piores os resultados, menos indicações; quanto mais se distanciava da literatura, mais se inclinava para o entorpecimento. Rumo à estaca zero.

Após sair da *rehab* e voltar à escola do dito ensino superior, prestes a ganhar o canudo de Letras, começou a sair com Maria. Entenderam-se logo de cara, de uma maneira surreal. Nunca tinha acontecido nada parecido antes, nem de perto. Um sentimento violento – coisa assim de gostar de ficar perto mesmo, sem sacrifícios, de não retesar todo o corpo quando recebia um abraço, mas aceitá-lo e retribuí-lo com gosto e tesão, a combinação perfeita. Mas ainda existiam resquícios de uma vida louca: só de pensar na ideia de dar aulas, por exemplo, o corpo de Pingo tremia, o coração transbordava. Qual era a estabilidade possível, dentro do mundo dos outros? Apesar de, na prática, estar tentando contornar uma existência inteira de abusos, seu imaginário continuava deturpado. Dava para disfarçar bem até, pois tinha acabado de sair de um período de privação, um dos muitos pelos quais passou, antes e depois de Maria, mas a verdade logo viria à tona. Eterno retorno sombrio de alguém que acreditava estar pronto para dizer sim ao Zaratustra – e não poderia estar mais errado.

O pânico é um companheiro com o qual o drogado precisa se acostumar, e ele se acostuma. Não só se acostuma como acaba quase gostando da sensação – um gostar pervertido, suicida. É muito diferente de se ver refém de um amor arrebatador? Só não acredita nas coisas do coração aquele que ainda não as vivenciou. E sorte a dele, honestamente, espero que nunca vivencie – digo agora, magoado. Claro que não passa de uma análise diacrônica: quando se está vivenciando as coisas do coração, para além desta retórica inútil do presente, você não quer saber de mais nada. Em partes. Porque é muito difícil escapar às delícias de uma cervejinha com raio e cigarro infinito, de preferência sozinho, masturbando a sensação de imortalidade despertada por meios não naturais. Se estiver tocando The Doors, então, Deus que abençoe. Vão dois, três dias. E você nem vê. E você não quer saber de absolutamente nada que não seja a continuidade do entorpecimento, no que sua companheira de carne e osso se sente abandonada, e ela mesma sendo um ser humano com sentimentos, começa a pensar que a melhor opção é não continuar ao seu lado. Porque você escolheu a cocaína. Como dizer que ela está errada? Às vezes tenho muita pena da Maria. Do que fiz para ela. Às vezes gostaria de arrebentar a cabeça dela com um paralelepípedo. Explodir a cara dela com um tiro de balestra recurva. Matar toda aquela família certinha e rica, que sempre me tratou muito bem e me recebeu de braços abertos, sobretudo o pai.

Tudo começou com trocas de olhares pelos corredores da universidade. Maria estava acostumada a ter diversos paus à disposição, não apenas um. Ela tinha um círculo social extenso e pervertido, como é comum acontecer com quem passou por uma graduação nas artes. Formada em teatro, ela já tinha atuado em duas peças de relativo sucesso. Não ganhava grana com isso, mas tinha alguma atenção. Pingo era um ninguém – escrevia seu primeiro livro, desacreditado por todos. E por ser um ninguém, quando percebeu que Maria estava começando a habitar seu mundo de maneira intensa usou-a como bode expiatório: jogou toda sua necessidade de atenção para cima dela, possessivo. Fez com que ela cortasse relações com todos os paus amigos, pois se sentia ameaçado – gostava muito da versão de si mesmo que se tinha tornado ao lado dela, e não tinha intenção de se perder novamente. Uma questão puramente egoísta? Os sentimentos se confundem. Infelizmente, a vida não é uma fórmula matemática.

Já no primeiro mês de convivência intensa tiveram uma briga feia. Pingo bebeu até não saber mais o que fazia, berrou absurdos para ela – absurdos que ouviu da boca de Maria no outro dia, pois ele mesmo não se lembrava. Maria não acreditou que Pingo não se lembrava. Pingo soube ter cruzado a barreira novamente: desta vez, por estar sentindo-se bem; exagera-se em ambos os polos quando se é um descontrolado – estando bem ou mal, tudo vira a desculpa perfeita. A vida de um adicto é cômica: quando se está mal, piora; quando se está bem, ele se sente invencível e exagera até o ponto de ficar mal. Murro em ponta de faca. Quero dizer que tudo acabou quando começou. Se eles se tivessem separado no princípio, se não tivessem esperado quase dois anos de brigas constante e idas e vindas, todo o processo de distanciamento teria sido bem menos doloroso. Não posso falar por Maria, na verdade, escrevo em nome de Pingo. Para ele foi – e ainda é, na verdade – bem difícil. O primeiro amor é inesquecível.

Os melhores momentos – pensando hoje, sem validade real para ninguém – foram os de menos loucura: quando passavam finais de semana inteiros só os dois, comendo e transando, assistindo a filmes – os clássicos e modorrentos que Maria gostava, ou os pastelões bobos de Pingo. Esses momentos não foram capazes de amainar a violência do vício. Ele passava uma semana absolutamente louco, outra se desculpando e lamentando. Nessa montanha-russa de emoções, Maria mantinha contato com um ex que estava morando na Europa, com o qual se relacionou por três anos e até chegou a viver, no mesmo apartamento que o atual frequentava. Usou aliança e o caralho. Promessas de casamento e uma vida em conjunto. O cara já era consolidado no meio acadêmico, boçal de carteirinha, Pingo era um escritor em gestação – não tinha obra, mas já praticava o ofício havia anos e sentia em si mesmo todo o potencial do mundo. Mesmo em meio à derrocada, jamais deixou de acreditar em seu primeiro amor não carnal: a escrita. Foi ela que o salvou e que, agora, está novamente o puxando para o buraco – ciclo do adicto, novamente, que sempre busca uma explicação para seus atos grotescos.

    É possível que este seja um dos grandes problemas: no momento de contar a história de Maria, Pingo não consegue parar de falar de si mesmo. Um comportamento autocentrado, quase maníaco. Para quem afirma odiar a si mesmo com todas as forças, até que Pingo gosta de passar tempo na companhia da própria mente – reforçando demônios, jamais fazendo nada para tentar melhorar. Para ter uma boa experiência enquanto ser vivo. Enquanto ele não conseguir se controlar *no presente momento em que vive*, e não deixar para racionalizar tudo quando já for tarde demais, nada de bom há de acontecer. O ciclo de decepções vai repetir-se infinitamente, e Pingo continuará culpando Deus e o mundo por suas mazelas – claro que reconhecendo sua culpa, pois é todo metido a ser autoconsciente, mas se trata de um reconhecimento falso: se a culpa existisse e tivesse qualquer influência de fato, ele pararia de fazer o que sempre faz para arruinar a própria vida. A não ser que exista uma paixão velada pelo lixo, o que também é bem provável. Vá saber. É tudo uma questão básica de lógica, e lógica não é exatamente o forte de quem gosta – ou é refém – de viajar na maionese.

    "Ninguém importante. Desculpe ter gritado."

Quinto ato –
Mangiare felice

Quatro enormes estátuas ancestrais estão reunidas em torno de um corpo em avançado estado de decomposição. Parecem Moais – em vez de fitarem o céu, guardam o cadáver. Não se sabe bem o porquê, mas a sensação é ruim. O morto foi uma pessoa má, e as figuras inexpressivas parecem responsáveis por não deixá-la escapar do cárcere – um do tipo que requer magia antiga, como se uma tumba ordinária não fosse o bastante para proteger a humanidade daquilo que apodrece à vista dos guardiões de pedra. Um cântico antigo vem de longe, soa como um eco. Se fosse definido por uma cor, seria negro. Um cântico negro. À medida que o som aumenta uma luz intensa parte dos olhos das estátuas e o pouco que restava do que talvez tenha sido um ser humano incha e explode com violência. Gotículas de sangue pairam no ambiente, uma caverna adornada com pinturas rupestres milenares, cavalos de oito pernas criam a ilusão de movimento. Os Moais – assustados – ficam cobertos de vísceras. Água cristalina inunda o espaço sagrado. O eco se interrompe para dar lugar ao desespero de várias pessoas amordaçadas tentando gritar, intercalado com o berro primal de neandertais em guerra – pouco ameaçadores, pois são os figurantes vestindo fantasias malfeitas de primatas no filme clássico de Stanley Kubrick.

"Bom dia, raio de sol!", Melissa levantou a persiana do estúdio e me deu um chutinho. Abri os olhos, doente de ressaca, para vê-la já toda produzida pela manhã – é manhã mesmo? Pouca coisa na memória, é claro, a primeira festa deve ter sido épica. Se Melissa me cumprimentou com carinho significa que não fiz muita merda. Todos os ossos estão no lugar. Só este nariz entupido e a sensação de que Satanás arranhou minha garganta. Gostão de cigarro na boca, fora o bafo podre de um novo dia abençoado. Recebo de Melissa um café grande do McDonald's, um cigarrinho e o isqueiro Bic.

"Só falou bosta ontem, hein, Pingo?!", pronto. O que eu temia. Mas também não vou ficar rastejando e pedindo desculpas, seja lá para o que for. A graça disso tudo é justamente o blecaute. Se busco me anular por meio da chapação, afinal, é justamente para não lidar com a realidade. Papo furado já nos primeiros minutos de consciência, valha-me Deus. Acendo o vermelhão, a tragada matinal não é das melhores.

O estômago meio ruim, acho que estou destreinado. Pelo que prometem os planos, logo estarei em forma novamente. De vento em popa.

O estúdio está tão limpo como quando chegamos na madrugada. Sem sinais de esbórnia, só um cheiro leve de quatro mil e setecentas substâncias tóxicas misturado com velas aromatizantes. Melissa está vestindo um shortinho de couro preto, bem colado, suéter leve (salmão) e Nike VaporMax nos pés – os quais eu preferiria descalçados, claro. O Chanel segue intacto. Pergunto-me a que horas ela acordou e por que não mostra sinais de absoluta derrota. Eu me sentia prestes a morrer, mente corroída pela cocaína. Ressacão fodido. Dessa parte não sentia falta, com certeza – a sensação de absoluta impossibilidade. Torço para que não tenhamos cheirado toda a farinha já no primeiro dia – quer dizer, grana não falta, é mais pelo que resta de cristianismo dentro do peito: um tipo de ilusão de controle, mesmo em meio ao caos, o que não faz o menor sentido. Você dirige um Opala roubado e passou a madrugada com uma criatura que nega o corpo que Deus lhe deu, em um estúdio que parece o paraíso, e não prestou contas a nenhum familiar antes de sumir do mapa.

"Não tá de ressaca, Melissa?"

"Eu sei me controlar, Pingo. Já você, que showzinho."

"Escuta. Não quero saber de nada do que fiz, beleza? Pode guardar para você. Vou caindo fora."

"Fique aí, bobo. Tá assim por quê? Fuma, cheira e bebe pra caralho, depois fica nervosinho. Você não me disse ontem que queria morar aqui? Que estava no céu? Que pediria minha mão com um anel de diamante?"

"É justamente esse tipo de coisa que não quero saber. Não considere nada do que falei. É tudo mentira."

"Mas você disse coisas tão bonitas. Me elogiou muito. Discutimos livros, filmes, filosofia. Difícil uma companhia como a sua. E eu sei muito bem que *eu* não sou de se jogar fora."

"Certo..."

"Só foi uma merda quando você começou a falar da Maria e ameaçou destruir toda a casa. Estava com cara de louco."

Nenhuma novidade.

"E você vai me fazer companhia hoje, Melissa?", quase saiu um "por favor" junto.

"Claro, Pingão. Vou fazer almoço pra gente. Puta fome de cocaína. O físico esquelético é uma maravilha depois de uma noitada, mas não dá pra contornar a fisiologia. Bem boa, né?", falou apontando para o monte de droga sobre uma das estantes.

"A gente pegou mais raio ontem?"

"Sim. No teu estoque. Eu vi que você não estava querendo dividir, egoísta do cacete. Mas te convenci. E a gente saiu para comprar mais bebida. Você é o pior motorista que já vi."

"Meus Deus do céu!"

O almoço foi o melhor da minha vida. Melissa colocou um avental-piada, aqueles com escritos virtuosos – "nesta casa, o homem cozinha". Carne, farofa com bacon (divina) mais arroz branco e salada para equilibrar. Magistral. Só fiquei puto por que pedi uma cervejinha para acompanhar a picanha malpassada e ela disse que não. Que era para esperarmos a noite. Precisaria trabalhar dali a um tempo; quando voltasse, faríamos um segundo round de comemoração. Não tinha como eu ficar bravo por muito tempo depois do banquete. É sabido que, após quase um dia inteiro bebendo e cheirando pó, a fome que bate é violenta. Come-se com gosto, lambendo os beiços. Tipo renascer.

Não fiz questão nenhuma de parecer contido, foi um prato atrás do outro – feito um porco curtindo a lavagem, feliz porque o céu da boca não cedeu à corrosão da droga, pelo menos na noite de estreia. Melissa não fez igual, já que tinha uma aparência para preservar. Também não dava, por questões técnicas, para ir trabalhar com o bucho explodindo. Ou é preferível que não se vá – enfim, você entendeu. Me disse que seria algo rápido, duas horinhas. Tinha marcado com esse cliente havia um tempo. Um figurão do ramo bancário. Que puta clichê. Aposto que o velho – só pode ser – tem uma família grande e feliz, deixa a esposa cozinhando e sai para fazer presepada. Os filhões jamais desconfiarão das aventuras do papai – que pagou as melhores escolas e, em casa, foi uma figura pouco presente mas carinhosa, rígido na medida certa. Iniciou os meninos no sexo em prostíbulos caríssimos, com loiras tipo top model. Ri só de imaginar. Mas também achei triste.

"Como é que você aguenta, Melissão?"

"Ossos do ofício, Pingo."

A porta se abriu com uma bicuda. Melissa entrou com a cara arrebentada, o suéter todo arreganhado, arranhões nas pernas e nos braços, fora o que eu não podia ver.

"Porra! O que rolou?"

"Acidente de trabalho."

Mas é claro que sim. Que lixo de vida do caralho. Achei que não era o momento para pedir detalhes. Quando ela se aproximou, vi que suas mãos estavam todas arrebentadas – pelo menos tinha revidado, e com gosto. Sentou-se ao meu lado e ofereceu uma garrafinha de Heineken geladíssima. Apesar de tudo, não tinha esquecido da nossa birita. Que gente boa.

"Vamos de farinha?"

"Estou precisando."

Claro que estava. Bati oito monstruosas e pedi que fizesse as honras. Foi que foi. A história se repete sem grandes variantes, só que desta vez não me permiti soltar a franga, isto é, precisava dar mais atenção a Melissa, e não ser um fardo. Já que ontem ela foi tão gentil e escutou toda minha chorumela, mesmo que eu não lembrasse perfeitamente dos acontecimentos, agora seria minha vez. Não foi o caso – sem chororô, só um pouco de seriedade até o pó e o álcool baterem, daí só fomos no embalo. Racionais na vitrola, depois Secos & Molhados, Led Zeppelin, Nirvana, Tim Maia – compartilhando um pouquinho da imunização racional com aqueles que dela necessitam.

Concluí que eu não sabia nada de Melissa, mas queria tanto saber. Perguntar a ela sobre sua infância, já sem tensão sexual, como se aproximou da literatura e das artes em geral. Como caiu naquela vida – não que seja necessariamente ruim, mas pode ser bem foda. É ruim por esse tipo de coisa que rolou hoje: estar submisso assim a outro ser humano, espécie notoriamente pilantra. Só que não era o momento para aquele papo. Aliás, será que a gente já não tinha conversado sobre tudo isso e eu não me lembrava de nada? Seria meio pau no cu da minha parte. Bom, ela também está nessa vida louca – vai compreender, acho. Decidi que, naquele momento, o melhor seria o silêncio. Eu só precisava fazer uma única pergunta.

"Sabe em qual banco esse cara trabalha?"

Sexto ato –
O homem do ano

Prometi a Melissa que eu resolveria o problema. Ela ficou radiante – apesar de se parecer com um anjo, e morar no céu, não era uma dessas criaturas imaculadas. As porradas que tomou do velho impediriam que trabalhasse por um tempo. Eu disse que ficaria fora por uns três dias, no máximo, e que logo voltaria. Que ela ficasse à vontade para cheirar minha farinha, fumar minha maconha e buscar o buraco abençoado com o K. Melissa agradeceu, em uma manhã de ressaca, e eu enveredei pelos caminhos da vingança. Eu seria um Riobaldo perdido na selva de pedra – a versão jovem do jagunço, Tatarana, cheio de ódio e pronto para acertar um fio de cabelo com o canhão que pegaria com o Simba, meu contato do submundo no Centro.

Estacionei o Opala perto da Praça Tiradentes, consciente da hostilidade do local, e fui até o Simba a pé. Ele trafica por aquela região já há muitos anos, e nunca teve problemas com a polícia. O tráfico no Centro é controlado pelo Comando, e é de conhecimento geral que o crime organizado no Brasil é, sem a menor dúvida, mais organizado do que a corporação dos homens da lei. Até mesmo mais justo, arriscaria dizer. Digo isso por experiência própria e pelo que já me contaram.

Sobre minha própria odisseia, teve um dia que, bêbado, dei um empurrão num membro do PCC. Foi na frente do L11, um bar de farinheiro que não existe mais. O moleque ficou perplexo, devia ter lá seus 16 anos de idade, eu estava cozido e munido de más intenções. Cinco minutos depois, um maluco dobra a esquina berrando, histérico, procurando quem é que tinha tido a pachorra, a indecência, de mexer com um membro do Comando daquele jeito. Esse sujeito é chamado Disciplina – soldado experiente, responsável por manter a ordem no perímetro. Graças a Deus, eu estava bem acompanhado e o pessoal respondeu por mim. Não deixaram que o cachorro louco me pegasse. A única questão que lhe interessava é se eu era do crime. Como a resposta foi "não, é estudante", ficou tudo certo. Quer dizer, eles têm a profunda decência de separar as coisas: entenderam que foi só um boçal desavisado, cabaço e entorpecido, que fez gracinha. Ficou por aquilo mesmo, seguimos madrugada adentro chapando o melão e rindo da história.

Andar por certas regiões do Centro de Curitiba à noite, como naquela em que eu estava, é uma experiência ímpar: parece um pedacinho do inferno. Sempre estive bem certo de que é uma prévia do porvir. Daquilo que nós, condenados, vamos enfrentar após o último suspiro na Terra. Ladrões de celular e carteira, mendigos bêbados e xaropes, jovens cheios de pó na cabeça, prostitutas atrás de um pau e migalhas para comprar crack, alguns perdidos a caminho de estações tubo. Tem de tudo, e o clima sempre me agradou. É uma violência não anunciada, pulsante – você sabe que ela pode se apresentar a qualquer momento. Que tua brincadeira por aquela área pode custar caro, mas acaba fisgado pela sensação instigante.

    Encontrei o Simba sem problemas. Parecia que morava ali, o desgraçado. Reza a lenda que fazia uma grana danada todos os dias, mas torrava tudo em cachaça. De fato, estava sempre alegre. Era um tipo tão gente fina que não parecia pertencer àquele mundo hostil. Não cheirava pó, só fumava ganja igual a um maníaco – sempre com um baseado na mão. E dizia coisas muito inteligentes. Tá aí uma coisa que me agradou no tráfico, e nos meninos do ramo, desde o princípio: a sabedoria informal. Ninguém naquela vida estudou porra nenhuma, pelo menos nenhum que conheci, mas todo mundo sempre tinha uma ideia brilhante para compartilhar. Uma visão de mundo realista, dura porque real. O vocabulário cheio de gírias e a noção de que é preciso ser predador para não virar gado morto neste jogo brutal da existência tupiniquim. Tudo tão diferente de ficar preso aos limites da academia, onde cuecas de seda compartilham suas bobagens que jamais farão qualquer diferença na vida de qualquer cidadão real, isto é, os milhões de brasileiros que se batem com o Diabo todos os dias de suas vidas para ganhar pães amanhecidos com margarina e um chute no cu na primeira oportunidade, na primeira chance que o patrão tiver de explorar alguém que aceitará receber ainda menos por um trabalho desumano. Sei da importância da academia dentro de seu próprio microcosmo, mas, pelo menos no Brasil, é uma realidade tão dissociada da situação geral que diariamente prevalece e mói as esperanças da maioria que peguei nojo de tudo que lhe diz respeito. É por isso que usei meu diploma para limpar o cu, como já contei mais de uma vez, e disso me orgulho profundamente.

"E aí, Simbão, na melhor?"

"Fala, seu viado. Me disseram que você tinha parado com o raio. Minhas vendas até caíram", divertido. "Como é que tá, Pinguim?"

"Só na boa. Mas não vim pelo raio hoje. Preciso de um Chico Preto."

"O quê que andou aprontando?"

"Preciso resolver um B.O. pra uma parceira aí."

"Mas qual que é: vai só dar um gelo ou tá pelo errado mesmo?"

"Acho que só um gelo."

"Pega minha pequena, então. Não precisa gastar com essas porras."

"Mas o bagulho tem que ser imponente, Simba. Maior fita."

"Porra. Pega minha grande, então. Vai devolver logo?"

"Amanhã mesmo."

"Vamos lá. Os bagulhos tão numa ruela, perto daquele posto da Trajano."

"Pernada. Vamos com meu carro. Deixei ali na Tiradentes."

"Tá até de carro agora, viado? Te falei que as coisas iam melhorar se você desse um tempo na loucura. A branca é a raspa do chifre."

"Por aí..."

O Simba ficou em choque quando viu o Opalão. Parecia uma criança no Natal. "Metendo a maior mala de ladrão agora?", foi o que disse. Expliquei a ele sobre o prêmio e que eu estava dando um tempo das neuroses da vida real – pelo menos foi o que pensei a princípio, mas as adversidades do submundo já tinham dado as caras. Não deixo de pensar que fiz tudo aquilo só para poder escrever. Quase um repórter. O escritor é mesmo um pilantra, falso, mas a única forma de produzir linhas sinceras é vivendo. Curitiba já estava muito cheia de paus-moles para eu ser mais um deles. Estava disposto a arriscar tudo para criar algo significativo.

Falei pro Simba pôr um som. A gente ia desfilar pela Trajano no maior estilo gangster de filme norte-americano, rastejando com o Opala, olhando pros lados de forma ameaçadora, com um rapzão estourando, cotovelos apoiados nas portas.

"Claro que não, né, Pinguim?! Cheio de cana por lá. Vamos pelas ruelas", cortou meu barato. Obedeci e o trajeto não ofereceu nenhuma complicação. Tudo bem: eu teria meu momento de glória logo mais. Nem deu para ver aquele monte de gente apinhada em frente aos bares, enchendo a cara, usando drogas e falando asneiras. Por mais que sempre tenha odiado jovem, daquele clima eu gostava. Vá entender os desígnios de Deus.

Pegamos o oitão, tambor cheio, e voltamos para o ponto do Simba. Ele me falou para não fazer nenhuma merda que eu não conseguisse bancar depois. Que tomasse cuidado com o canela-seca e, nem precisava dizer, ficasse de bico calado se caísse a casa. Falei para ele ficar tranquilo que ia dar tudo certo. Amanhã à noite, lá por esse mesmo horário, eu estaria de volta para devolver a arma e aí sim poderíamos tomar umas e ouvir um som no pretão, sem neurose.

"Boa sorte e vai com Deus, gay."

"Amém."

Dormi no carro e fiquei de campana na saída do banco, endereço que a Melissa me passou, onde encontrou o pilantra no dia do incidente. Tomei café preto daquelas máquinas de posto de gasolina e caguei em um banheiro imundo, liberado só depois da humilhação de pedir a chave a fim de atender o chamado da natureza selvagem. Por volta das onze da manhã, avistei a figura que ela me descreveu: gordo, é óbvio, de roupa social e penteado meticuloso; queixo duplo e cara de filha da puta. Fiquei radiante ao ter minhas expectativas supridas. Eu teria feito aquilo até de graça. Quem nunca sonhou em aterrorizar um bancário rosado?

A tarde se arrastou, sol do caralho. Mofei no Opala até cinco da tarde, fumando um cigarro atrás do outro e curtindo a sensação de não estar de ressaca – mas ansioso para repetir o ciclo à noite, como comemoração estendida pelo meu prêmio e por ter recuperado a dignidade da Melissa. Para esta noite, pensei, iria alternar raio com ganja, só para deixar a pressão arterial em choque.

O carro do figurão era um Fusion cor grafite, coisa mais linda. Comecei riscando a porta dele com a chave do meu. Desenhei o *smile* do Comediante, sem a mancha de sangue – essa ainda estava por vir. Quando ele viu, ficou doido. Parecia um diabão velho. Achei a maior graça e esperei ele entrar no automóvel, puto, para ir até lá e tornar o dia dele ainda pior.

"E aí, tio baleia?! Então você que é o engraçadão?", perguntei sentando-me no banco do passageiro, apontando o trinta e oito para ele meio de relance, segurando-o na altura da minha barriga.

"O que você quer? Eu tenho família, pelo amor de Deus", então era a família que vinha à mente na iminência do perigo? Que engraçado. Não foi o que aconteceu na hora de mexer com a Melissa.

"Você sabe exatamente o que tá acontecendo, tiozão. Não quero porra nenhuma, baixa essa carteira", adorei minha atuação, notando os machucados dos socos que Melissa deu na cara dele. "Você vai fazer exatamente o que eu mandar. Liga a câmera dessa bosta aí", apontei pro iPhone com o oitão. "Põe no vídeo e diz: 'Amor da minha vida. Eu minto que vou trabalhar até tarde e saio chupar pau de travesti. Faço isso regularmente. Sou um caso perdido'", comecei a rir mas fechei a cara de novo.

Ele chorou baixinho, acho que esperando ajuda divina. Ameaçou sair do carro e gritou: "Ladrão. Ladrão. Me ajuda. Me ajuda". Segurei-o pelo colarinho, soltei uma coronhada na sobrancelha direita. Saiu um filetinho de sangue.

"Pelo amor de Deus! Eu não fiz nada. Foi você quem começou a briga."

"Cara. Você não tá entendendo nada. Eu nem comecei ainda. Faz essa porra de vídeo logo, senão vou explodir a tua cara", falei com calma, com o cano da arma na bochecha dele. E não é que rolou? Gaguejou um monte, foram necessários vários *takes* para ficar do jeito que eu queria, mas deu certo. Um Tarantino do submundo.

"Boa, Marlon Brando. Agora manda pra tua esposa e pros teus filhos."

Ele imaginou que chegaria essa parte, mas não esperava: olhou-me horrorizado e pediu pelo amor de Deus – de novo. "O Senhor não vai te ajudar agora. Vamos logo, que não tenho o dia inteiro. E nem adianta tentar dar uma de espertão, porque eu vou ficar aqui até eles receberem o vídeo e responderem", estava morrendo de vontade de mijar, para ser sincero. Devia ter-me preparado melhor.

"Não foi tão difícil assim, foi?", até eu achei caricato demais, quase fiquei com pena, depois de tudo resolvido. "Escuta os áudios depois. Não atende. Não atende, filho da puta. Desliga essa porra e pega aqui o meu", passei-lhe o celular. "Põe no vídeo e fala: 'Melissa, me desculpa. Mesmo. Eu sou um verme e também um porco'", não saiu tão criativo quanto eu esperava, mas já estava ficando perigoso. Era hora do *rush* e pessoas começavam a sair do esgoto. Todo o ritual se repetiu.

"Agora pega isso aqui e abaixa as calças", dei-lhe um tubo de cola Super Bonder. "Passa no pau."

"Não. Não. Não. Não foi minha culpa. Foi você..."

Pressionei o cano na cara dele de novo, impressionado com o tamanho de seu pênis: pequeníssimo. Veio-me à mente um GG Allin corporativo, a serviço do Estado. Pensei em tirar um sarro, mas fiquei quieto – pau pequeno é foda. Esperei ele executar a tarefa, dei um tempo para a cola fazer efeito e caí fora, depois de cuspir-lhe na cara. "Se precisar, eu volto aqui e te mato", saiu a frase que eu esperava desde o começo: a de Murilo Benício interpretando Máiquel em *O homem do ano*.

Sétimo ato – *Je suis* Pingo

Cheguei no estúdio para encontrar a Melissa desmaiada no sofá. Eu estava louco por uma cervejinha com farinha, bater papo depois do ato heroico, mas a pilantra tinha queimado a largada. Acontece. Chacoalhei o corpo inerte, logo desisti. O saquinho de K em cima da mesa espelhada explicava a situação: ela estava em algum plano muito distante, um que eu não conhecia, para ser sincero. Sempre fui conservador em meu uso de drogas, novos efeitos nunca me foram bem-vindos. Gostava de ficar no usual, álcool e cocaína. Sem erro.

Abri a primeira garrafa da noite. A pedida da vez era cerveja importada, sei lá se belga. Sei que tinha o gosto do cheiro de Veja Multiuso. Foram duas, três – e enjoou. Para encher a cara, chegar naquele nível de ficar retardado mesmo, nada melhor que uma loirinha tradicional. E o meu objetivo estava claro, como estava em todos os outros dias: sair de órbita. Para energizar minha caminhada até o posto, ali perto, bati uma linha e aspirei. Cutuquei a Melissa novamente: nada.

Para coroar aquele dia do caralho, a caminho do posto vi a Maria junto com o acadêmico boçal – tá lembrado? Ela era fã das esbórnias do Centro, eu sabia disso, só não contava que iria encontrá-la de fato. Mesmo sabendo que Curitiba seja um ovo, como costumam dizer. Não sei explicar, as coisas funcionavam na minha cabeça como uma projeção distante – quando aconteceu para valer, vê-la depois de um bom tempo, foi foda. É como se, por fim, a situação se tivesse mostrado real: tínhamos terminado, sem retorno, e o óbvio sucedeu – ela estava na companhia do diplomado, do qual nunca esqueceu. O diplomado que estava no Brasil de novo. E que ela sempre soube que ia voltar, como quando me perguntou diretamente isso: como eu iria agir quando ele voltasse para o Brasil? Isso é coisa que aconteceu há mais de ano, mas não sai da minha cabeça. Vai ver não nasci para ser trouxa. Vai ver eu gostaria que isso fosse verdade, essa de não ter nascido para ser trouxa, mas sou mesmo é um palhaço. Porque só um palhaço teria passado pelo que passei. Aguentado tanto tempo sendo feito de filho da puta, na cara dura. Porque é só assim que dá pra me definir, um filho da puta. Quem é corno manso é filho da puta. O raio bateu.

Foi um esforço hercúleo para fingir que não a tinha visto. Passei batido, doente de raiva. Ela me viu? Cheguei chutando a porta do posto. O cara do caixa me conhecia, perguntou o que estava pegando. Disse a ele que calasse a porra da boca, porque ali não tinha nenhum filho da puta, não. Muito menos um palhaço. Ele estava achando alguma coisa engraçada, por acaso? Eu estava tremendo e, quando fui pegar um monte de caixas de cerveja de uma só vez, derrubei várias. O funcionário chiou.

"Escuta aqui, maluco. Você faz o favor de calar essa porra dessa tua boca de filho da puta, tá me entendendo? Se eu quiser, compro esse posto e você junto, seu pau no cu do caralho", e joguei uma garrafa na direção dele. Explodiu no balcão. Recebi olhares assustados e saí fora, de volta para o estúdio, sem pagar, com medo até da minha sombra. Tinha um plano infalível em mente.

"Acorda, Melissa. Acorda, porra!", dei um tapa na cara dela. Despertou sobressaltada, com os olhos arregalados. O som estava ridiculamente alto, tocava Eminem – *I'm back*. O primeiro passo era calibrar meu estado de espírito, e nada melhor que um ídolo de adolescência. "A gente precisa sair. Agora."

"Ah! Não, Pingo. Maior ressaca. Me deixa em paz", virou para o lado no sofá.

"Não fode, Melissa. É importante. Olha aqui pra mim. Vou preparar um tequinho pra você", falei jogando o conteúdo na mesa. Cheirei aquele montinho disforme, desesperado, e fui atrás de outro. Tinha acabado – só restava K e maconha. "Porra, Melissa! Você cheirou todo o pó? Agora que a gente vai ter que sair mesmo pra comprar essa merda", berrei desvairado, mais alto do que a música.

"Eu tenho um vídeo especial aqui pra te mostrar, e você fica de viadagem. Levanta aí, caralho."

"Porra, Pingo! Que merda! Não posso dormir na minha própria casa. Cara chato", magoou-me. Nunca tive o coração bom para essas coisas. Peguei a chave do Opala, coloquei um moletom da Adidas e arrebentei a porta na hora de sair – proposital, é claro, morrendo de vontade de que Melissa viesse atrás de mim. Liguei o carro e, em vez de sair, fingi que folheava *Hamlet* ou qualquer coisa do tipo. Dei uma espiada para cima.

"Pingo", berrou lá da janela. "Espera aí."

Desceu dali a pouquinho. Eu a esperava com um sorriso maroto, o qual não foi correspondido de primeira. As engrenagens precisavam ser lubrificadas. Tenho certeza que ela entenderia o motivo daquele escândalo todo. Antes, para abrir caminho, pedi que assistisse ao primeiro vídeo do meu celular. Melissa riu histericamente.

"Não acredito que você fez isso, Pingo."

"Te falei que ia resolver a parada", disse esperando a medalhinha.

"Não achei que você fosse fazer nada", magoou-me de novo. A noite prometia. "Preciso te confessar: tudo aconteceu porque eu estava levando a carteira do cara embora. Ele percebeu e a gente saiu na porrada. Foi justo."

Mas que puta que pariu do cacete. Bom: foda-se.

"Que engraçado, hein?! Você sabe que podia ter dado uma merda enorme?", nem eu acreditava muito naquilo. Melissa gargalhou como resposta, também achei graça. Com os panos limpos na mesa, a noite estava anunciada. Ela parecia menos sonolenta, eu seguia certo do que fazer.

Avistei Maria justamente no bar que a gente costumava frequentar na Trajano. Eu adorava beber chope IPA lá, alternando com doses generosas de Godfather – uísque escocês com Amaretto. Costumava ficar doente de bêbado e pegar farinha com os piás na esquina, acho que é a pior cocaína que existe em Curitiba. Era um sistema de todo prático – e no qual Maria sempre saía prejudicada; quer dizer, quase sempre: havia dias em que ela também caía na neve, aí a catástrofe estava garantida. De todas as vezes que cheiramos juntos, e não foram poucas, não lembro de uma só que tenha sido boa. Maria costumava falar muita merda quando em estado alterado, e era até conhecida por isso. O pessoal evitava ficar doidão junto com ela de tão chata que ficava. Eu tentava aturá-la, sei lá, vai ver eu era tão sem noção quanto. Vai ver era amor. Cortei giro com o Opalão na frente do bar, sem nem me ligar se tinha polícia por perto. Um monte de gente olhou, inclusive a Maria e o boçal. Desci e esperei Melissa, coloquei o braço em seus ombros e desfilamos. Maria só me deu uma olhada de canto, percebi algo entre espanto, nojo e medo, e voltou a falar colada no acadêmico. Sentei em uma mesa ao ar livre, lá nos fundos, e chorei copiosamente.

Meu querido suíno. Maria tinha toda uma história antes de conhecer Pingo, mas ele parecia não se atentar a esse fato. Parece que nunca conseguiu vê-la como um ser humano independente, mas sempre como parte indissociável de sua própria vida. Não admitia que ela existisse como um organismo com vontades próprias – em outra palavra: possessão. É possível dizer que isso fazia parte de todo imaginário podre de Pingo, sempre doente por atenção e profundamente inseguro, apesar de tentar manter uma pose de independente e indiferente que só vendo. Mas não estou aqui para passar a mão em sua cabeça: tento escrever em nome de Maria, mesmo com a certeza de falhar.

Ela se parecia muito com a Kirsten Dunst de 2002, daí para o apelido carinhoso de casal foi um pulo: Mary Jane. Maria era a Mary Jane de Pingo, e Pingo era o super-herói dela, *ownt*, amigão da vizinhança. Um do tipo cocainômano, alcoólatra e com ataques esporádicos de raiva incontrolável – absolutamente assustadores.

Situações clássicas – da tragicomédia dos casais fodidos, fadados ao fracasso – aconteceram na jornada dos dois: Pingo dando murros na parede, gritando desvairado. Maria chorando pelos cantos, sentindo-se em perigo e submissa àquela figura insana. Pingo sendo controlador. Maria dando tapas na cara de Pingo. Sempre que perdia o controle, necessariamente chapado, ele acabava arrependido de uma maneira que lhe fazia pensar em suicídio. E chorava no ombro dela, implorando perdão – sem muita convicção, meio certo de que faria tudo de novo. Nesse sistema doentio, ele se saía como o fazedor de merda sem igual, o que era mesmo, e as escapadas de Maria – mesmo que só no plano imaginário, talvez – nunca eram discutidas de fato, gerando acúmulo de inseguranças. Uma rede cancerígena de não ditos.

Era absurdamente claro que Maria ainda não tinha superado o próprio passado amoroso com outro cara, pois fazia questão de sempre encaixar o rapaz na conversa com Pingo, principalmente quando bêbada. Desde o começo. E desde o começo, igualmente, Pingo deu sinais de que podia comportar-se como um louco – o que ele alega ter sido herdado do pai, cavando a própria história atrás de uma desculpa plausível. Herdado de uma infância banhada por lembranças dos pais brigando violentamente. De já ter sido espancado. De, por isso, não ter aprendido a respeitar mulheres como seres humanos. De ser incapaz de qualquer contato com o sexo oposto que não tenha segundas intenções. Justifica?

Por terem aprendido a se relacionar assim, sempre brigando e voltando, sempre em clima de reconciliação ou na iminência do término, nunca tiveram espaço para solidificar ideias e ajustar inseguranças. A coisa toda correu meio à deriva. Pingo não oferecia a Maria a segurança que ela buscava em um relacionamento, por isso ela não foi capaz de superar o ex-namorado – e parar de falar dele, pelo amor de Deus. Já Pingo, com sua queda pelas drogas e a crescente paranoia, vivia desconfiado de Maria e volta e meia agia feito um boçal. Lá pelo terceiro mês de convivência, Pingo já não conseguia mais ver a relação indo para frente. Mas por comodismo, excepcionalmente reconfortante às vezes, deu corda à ilusão. E Maria deve ter feito o mesmo: desconfiou da própria sorte desde o princípio, mas, devido à solidão causada por um término relativamente recente, deu mais corda do que devia àquele louco. Teve até a brilhante ideia de apresentá-lo à família, convidá-lo porta adentro. O desastre ideal.

A última mensagem que Pingo escreveu para ela dizia: "Eu quero que você se foda. Que tua vida vire uma merda. Não quero te ver nunca mais". Não teve essa sorte, a de não vê-la nunca mais, e o tempo mostrou quem foi o mais forte. Ou o que estava mais preparado para realmente deixar aquele jogo satânico, sem futuro, para trás.

O discurso acabou por voltas das seis horas da manhã. Foi quando recobrei a consciência, e só porque um garçom me deu um cutucão no ombro e implorou para eu ir embora, quase chorando. Resmunguei qualquer coisa em resposta. Dei-me conta de que não me lembrava de metade do que tinha falado e de que meu rosto estava grudento, acho que de lágrimas. Senti minhas narinas absolutamente secas, desérticas. Respirava mal. Tinha uma vaga noção de quanta farinha tínhamos consumido: um monte. Não sei se foi só eu que paguei pelo pó. Não sei o quanto bebi, mas parecia uma garrafa de Álcool da Ilha. Se riscassem um fósforo perto do meu hálito, acendia.

Melissa dormia na minha frente, estirada na mesa e roncando. Olhei a hora no celular e me dei conta de que, dali a trinta minutos, eu tinha um voo marcado para Portugal a fim de receber o prêmio, este que eu estava comemorando tão furiosamente. Não fui. Também não checava meu e-mail havia dias, várias ligações perdidas, notificações de parentes no meu Facebook. Tentei me levantar e percebi estar muito mais tonto do que imaginava. O retorno para o estúdio, no volante do Opala, seria divertido. Cambaleei de lá para cá, contemplando a parceira apagada. Aproximei-me do pescoço dela e dei vários beijinhos.

"Quer casar comigo?", caí sentado; aproveitei para deitar. Balbuciei: "Melissa. Casa comigo. Eu vou ser muito famoso. Prometo. *Je suis* Pingo..."

Oitavo ato –
Alas, poor Yorick!

Michael Pemulis me fala sobre o novo pôster que pregou na parede de seu dormitório. Acho graça. Queria debater o assunto com Hal Incandenza, mas ele não existe. Se existiu, enforcou-se em 2008. Muito antes disso, eu já tinha a sensação de que todos à minha volta queriam me foder de alguma forma. Me arruinar. E que fariam de tudo, sem cerimônia, para colocar isso em prática – minha derrocada, meu fim, em praça pública. E porque convivia com essa sensação todos os dias, comecei a agir de maneira inusitada. Gosto de classificá-la irreverente, na verdade, na acepção da palavra de alguém que não reverencia mais nada. Alguém que se sente, em geral, cansado. Mas não um cansaço paralisante, covarde, e sim um que lhe faz pensar coisas ruins, convida à diversão escatológica. Existem várias formas de se divertir. Jamais encarei meu modo de agir como mera vingança, o que seria teatral e raso, mas sim como uma reposta à altura. Sempre fui bastante competitivo, afinal, e não era àquela altura do campeonato que iria dar para trás. Eu faria algo grandioso e bem estruturado, realmente cômico, seja na realidade ou no plano das ideias, e riria deles tanto quanto eles riram de mim pelas minhas costas, gargalharam mesmo, sem a mínima decência. Seria minha obra-prima; com alguma sorte, para além de palavras mornas no papel.

Não vou mentir. Sei que a ação da cocaína em meu cérebro contribuía para agravar a síndrome persecutória. Mas eu gostava. Amava a sensação. Era como viver em um filme de terror sem fim. Como nunca fui muito chegado à vida como ela é, essa alternativa me era muito mais emocionante – e, arrisco afirmar, plausível. Viver com medo tinha mais a ver com o panorama geral da mediocridade cotidiana. Minhas ações tinham a ver com uma questão de verossimilhança, respeito à estrutura da obra que me esforcei para forjar. Até a ficção científica, afinal, e ainda mais do que qualquer outro gênero literário, precisa seguir as premissas do microcosmo que ela mesma cria. Eu ao menos sentia alguma coisa às vezes. Raiva, nojo e ódio. De todo mundo. E de mim mesmo, principalmente. Não é como se vivesse apático. Como já me sentia muito velho para o suicídio, no entanto, precisei elaborar um plano diferenciado. Não é que exista de fato uma idade correta para se matar, apesar da mitologia do Clube dos 27 ser a mais festejada, mas matutei bastante até chegar à convicção de que o fim poderia ser muito mais espetacular do que disparar um tiro na minha própria cabeça, o que faria uma sujeira só, ou me enforcar com um cinto. A última opção me era bastante convidativa, pois eu tinha um cinto bem bonito de couro marrom, então tive de debater muito comigo mesmo até descartá-la. Uma das vozes sempre se sobressai.

Tudo começou de fato quando o Guru Original passou a me perturbar. Por alguma questão pessoal, ele me tratava mal regularmente. Não gostei nada daquilo. Não sou nenhum palhaço. Pedi gentilmente que parasse, mas não adiantou. Continuava falando de minha prosa, de meus hábitos, de como a produção dele era original, de que era preciso se manter fiel às origens viscerais para se fazer boa literatura. Os escritores do passado mandavam mensagens cifradas para que ele as reproduzisse em sua literatura, enquanto a minha prosa não passava de uma cópia da dele, Guru. Insultou a Maria diversas vezes – coisa que eu também fiz, pois valha-me Deus, mas com que direito *ele* fazia esse tipo de coisa? Precisei desvendar as raízes de nossa relação, toda a arquitetura do grupo literário dito subversivo, chamado *Retrógrados*, para bolar uma escapatória desse ciclo destrutivo. Às vezes a gente só cansa, e nada mais – alguns lidam mais ou menos melhor com rompimentos.

A resposta se apresentou com clareza, em um daqueles xeque-mates mentais que depois soam óbvios. Pensei na natureza de seu próprio nome: Guru Original. Aí estava. Fui rendido pelas artimanhas do orador, espécie de Osho do submundo – tão pilantra quanto, para ser sincero, adorador de seitas e disseminador de picuinhas a fim de manter o controle hierárquico dentro de um pequeno grupo literário dito subversivo. Cultor do Bezerro de Ouro. Filho de Arão. Ímpio. A vida de certas pessoas, afinal, é vazia e triste. Não é à toa que o pessoal desamparado busca figuras como João de Deus ou o Apóstolo Valdemiro. A organização da sociedade convida à catástrofe, e não penso somente em como eu fui enganado pelo Guru, mas em todos os outros meninos também fisgados e esmagados – sem talvez jamais compreenderem a manipulação, a perda de tempo de se estar no grupo literário dito subversivo, obedecendo cegamente às ordens do falsário.

Eu não engoliria mais sapos. Estava farto do gosto. Além disso, à medida que convivia com o grupo literário dito subversivo, eu mesmo me transformava em um anfíbio pegajoso. Há muitas controvérsias nessa colocação, visto que desde criança penso em fazer algo do tipo. Acho que só aproveitei a premissa minimamente válida para dar vazão a um ódio primal. Pouco importa todo o falatório, enfim. O importante é o que aconteceu. E foi angelical.

Vesti minhas roupas da Honda, noite fria, e saí voando baixo com a 7 Galo. Da minha casa até o bar em que ele estava, no evento de lançamento de mais uma edição da revista que ajudei a fundar, eram mais de vinte quilômetros. Venci-os como um doido, falando sozinho durante todo o caminho. Encorajando a mim mesmo. Impedindo que impulsos cristãos se insinuassem. As vozes brigaram muito naquela meia hora de trajeto, mas uma delas saiu vitoriosa. Até porque, quando visualizei o Guru, quando as coisas saíram da mente para entrar no plano real, foi-me absolutamente claro que precisava acontecer. Ele estava rodeado de umas três pessoas, não lembro se membros do grupo literário dito subversivo, falando sem parar. Quando digo sem parar, é sem parar. Desembestado. Muita gente já teve vontade de lhe socar a boca por esse hábito falastrão, buscando cinco segundos de paz. Já que ninguém nunca teve coragem, lá estava eu para morrer pelos oprimidos. Estacionei a 7 Galo e desmontei, extasiado.

    Sem saber a quantidade de força necessária para perfurar um semelhante com uma faca de serrinha, fui com tudo. Fui no pescoço, com a intenção de encontrar a jugular, por mais que no momento não tenha pensado exatamente em a estraçalhar-lhe, já que em momentos assim não se tem muito tempo para pensar. É necessário agir. Pensar demais, nos cumes da diversão, é má ideia. Achei inusitada a firmeza de minha mão direita naquele momento, a mesma que tremia consideravelmente desde que larguei o álcool e a cocaína. Achei hilária a cara de idiota que acometeu o Guru quando o objeto cortante encontrou seu pomo de adão e quase saiu pela nuca. Ambos fomos ao chão, força desmedida. Não tem como praticar direito esse tipo de coisa, nem compartilhar com alguém a fim de obter dicas. Não fiz nenhum alarde em fóruns de maníacos, quero dizer, eu apenas queria que parassem de rir de mim pelas costas. Não queria angariar um séquito no 4chan.

Já na hora, um segundo após desferir a facada, percebi que tinha dado certo. A multidão se dispersou aos berros, escandalosa, e agora quem se divertia era eu. Não que tenha conseguido propriamente gargalhar, pois também fiquei um pouco assustado, mas flexionei os músculos da face para que meus lábios se entortassem para cima. Deixei o escritor se engasgando com o próprio sangue, mexendo os braços igual a um palhaço enquanto se afogava, talvez pedindo a Deus que o salvasse, e fiquei admirando os corpos em retirada – olhos marejados. Sempre estive sozinho, então a debandada não me pegou de surpresa. Tenho certeza que foram se reunir em outro bar, um menos agitado, para continuar rindo de mim.

Nono ato – Limbo

Os Hanna-Barbera compreenderam que há mais coisas entre o céu e a terra do que pôde sonhar a filosofia de Horácio. É fim de tarde e o gato Thomas, de pelagem cinzenta, aguarda a chegada do trem – não na plataforma, mas nos trilhos, com um olhar alucinado. O camundongo Jeremiah narra a cena de um lugar distante, com uma voz grossa que não combina com sua compleição delicada, afirmando que compreende a atitude de seu algoz. Não é que concorde, porque quem é que vai fazer-lhe companhia em tardes entediantes depois daquilo?, mas entende. Tenta entender: o gato Thomas deseja partir. É preciso observar o que existe além do próprio nariz, afinal, e o roedor provou ser mais inteligente – e empático – do que parecia a princípio. O vagão de puro aço, pesando toneladas, esmigalha o corpo do felino, pondo fim à angústia de ter sido ludibriado por uma mulher interesseira. Jerry soube, naquele momento, que Tom não voltaria à vida como das outras vezes.

Se fosse Pernalonga na mesma posição de observador, ele que é um notório mau-caráter, aposto que teria rido. Ou mantido aquela expressão blasé de sempre, mascando uma cenoura. Filho da puta. Existe algo de verdadeiramente maligno nesse coelho pilantra, e o episódio em que ele emula o Barbeiro de Sevilha deixa isso bem claro. Uma áurea satânica emana de seus atos, enquanto Lola o aguarda com o jantar pronto – quentinho. O destino não olha caráter. Diferentemente do que prega a mitologia, seu coração não precisará ser mais leve do que uma pena para que a eternidade lhe conforte. Basta ser safo – pelo menos na Terra. O céu e o inferno são bem aqui. Um cretino como Pernalonga, munido de suas artimanhas, escapa ileso das investidas da vida – e, com alguma sorte, acaba entrando em quadra ao lado de Michael Jordan, o maior jogador de Basket de todos os tempos.

Se fosse Pingo na posição de observador, o que faria? Em seu multiverso, o dos humanos, Nietzsche e Cioran pregaram a ideia do suicídio como conforto, assim como Camus pediu que, por gentileza, se utilizasse os impulsos de destruição em prol da vida – muita coisa boa pode sair daí. A linha é tênue. Grandes obras foram criadas por homens suicidas e neuróticos. Na verdade, a maioria delas foi criada por sujeitos à beira do precipício – e, em muitos casos, o suicídio impulsiona um trabalho. Ganha-se notoriedade após tirar a própria vida: é possível carnavalizar até mesmo a morte. Vocês dizem não, eu afirmo que sim: ninguém me engana. A morbidez guarda e rege a condição humana. Estou velho demais, e sem a mínima paciência para contos da carochinha – como os que falam sobre bondade e redenção.

    É tanta ladainha para absolutamente nada. Também, qual que é dessa ideia de querer desvendar os mistérios da vida? Eu sei lá o que Pingo faria se estivesse na posição de observador. Pingo é um pau no cu, isso que ele é. Eu vou querer saber disso por quê? Para quê? Até porque é mais provável que ele estivesse nos trilhos, e não tecendo comentários generosos – como os do magnânimo e empático Jeremiah – sobre a situação do felino Thomas. Que ele estivesse rendido à miséria, Pingo, como o fez por durante toda sua existência morna e despropositada. Que ele estivesse completamente louco de seja lá qual fosse a droga do momento, porque nunca teve coragem de tomar uma só decisão na vida sem estar entorpecido – seja por álcool, cocaína ou remédios de tarja preta, ou todos juntos ao mesmo tempo agora. Pingo nunca soube viver, não. Até para morrer não presta.

    Mas já que você perguntou, e insiste, vou dizer o que ele faria se estivesse no lugar do Tom, já que no do Jerry seria impossível: tudo errado. Pingo faria tudo errado. É possível que desistisse em cima da hora, tentasse pular para o lado e acabasse com as pernas moídas pelas locomotiva

– tipo a iniciação brutal exigida pelos Cadeirantes Assassinos, só que sem um por cento do caráter de Marathe. Uma condição como essa justificaria toda sua tristeza. Pingo se tornaria um sujeito com membros fantasmas, feliz em sua infelicidade, sentindo – finalmente – pertencer exatamente ao lugar que sempre desejou.

Décimo ato – Cachorro louco

Acordei todo vomitado, com a cara enfiada em um chão azulejado, frio, os braços todos ralados na altura dos cotovelos. Minha camiseta fedia muito, sangue, bile e suor se misturavam. Minhas costas também estavam fodidas, doloridas. Melissa não estava no cubículo comigo. Vozes vinham de longe. Com a cabeça explodindo, tentei abrir a porta do meu cárcere – trancada. Dei uma bicuda na placa fina de alumínio, não cedeu. Tive vontade de gritar: sem ânimo. Sentei-me próximo às manchas amareladas do chão e busquei um cigarro: nada. Tive vontade de chorar: não saíram lágrimas, apenas breves convulsões silenciosas.

Fiquei olhando para o vazio durante o que pareceu uma eternidade, até que abriram a porta. O cara usava uma camiseta do mesmo bar em que eu estava antes de apagar, e parecia assustado. Olhou para mim, não disse nada; deixou a passagem livre e pediu, encarecidamente, para que eu – por favor – fosse embora. Perguntei o que tinha acontecido, levantando o tom de voz, recobrando a alegria. Ele me disse que desmaiei no chão, já de manhã, e não acordava de jeito nenhum. Arrastaram-me para aquele quartinho nos fundos, temendo que eu estivesse morto ou em coma alcoólico. Mas que merda de procedimento é esse, caralho? Sabiam que eu tinha cheirado farinha a madrugada inteira, não eram bobos nem nada. Não tinham nascido ontem. Sabiam muito bem o que os clientes metidos a malandro faziam no banheiro a cada cinco minutos. Pensei em perguntar se ele estava ficando louco, olha o estado que estão meus braços, seu retardado mental. Vencido pelo bom senso, só quis saber da mulher que me acompanhava. Ele piscou para mim com o olho esquerdo, sugeriu um retoque na maquiagem e sorriu de canto.

Pelo menos Melissa estava bem, acho. Levantei com dificuldade e saí à luz. Tinha uma cambada de gente sentada nas mesas ao ar livre, já era noite de novo e mais uma festa se anunciava. Tropecei ao sair pela porta, várias pessoas me olharam e um silêncio constrangedor tomou conta do ambiente. Mandei todo mundo tomar no cu e pedi um cigarro para o primeiro fumante que vi. O cara tentou relutar, corajoso, no que peguei a carteira da mesa e disse que então ia levar todos, pau no cu do caralho. A namorada dele falou algo como: deixa, amor. Deixa. Deixou. Ridículo. Bundão.

Cheguei no caixa com pompa renovada: "Quanto devo nesta merda?". A atendente me disse que já estava tudo certo e que, aliás, se eu quisesse poderia levar vários canecões de chope, uns bem bonitos de 700ml. No dia anterior estavam com uma promoção, a cada três chopes um caneco, e suponho que tenhamos bebido quase um barril inteiro. Pelo jeito, estava na hora de conferir meu saldo bancário – e os e-mails, ligações perdidas e redes sociais, de repente. Disse à honesta trabalhadora que levaria todos os canecos a que eu tinha direito, pois era meu direito. E pedi para descer uma geladinha, já que a noite é uma criança. O pessoal na fila estava incomodado, murmurando, desconfio que a respeito de meu cheiro. A atendente me olhou com nojo e pediu ao barman, se é que dá pra chamar de barman aquele bosta tatuado que faz drinks na base do improviso, que me servisse um chope no copo de plástico – e que então eu me retirasse, pelo amor de deus, e se possível tomasse um banho. Não quis discutir, mas achei desrespeitoso.

Apalpei meus bolsos: percebi que estava somente com o celular, sem a carteira e a chave do carro. Olhei o copo descartável já dando sopa atrás do balcão, enquanto o incompetente "barman" moderno resolvia sei lá que porra em vez de me entregar o pão líquido, e dei um bote certeiro; tentei puxar a sacola com meus canecões ao mesmo tempo: estraçalharam-se no chão. Saí correndo com meu chope na mão direita, derramando mais da metade antes de voar pela porta do bar. Meninas soltaram gritinhos abafados, ninguém tentou segurar-me. Corri muito, até quase à altura do Largo da Ordem. Aposto que, se eu tivesse só pedido o chope, o profissional me teria educadamente entregado. Interrompi os passos aos poucos, ofegante, e avistei a cabeça decepada de cavalo cuspindo água suja, um dos pontos turísticos da capital modelo. Comecei a passar muito mal.

Vomitei perto de um grupinho muito do estranho, que riu de mim. Lancei um olhar injetado para eles, com um filete de baba espessa escorrendo pelo queixo. "Cuidado com o cachorro louco", um de moicano e camiseta do Sex Pistols disse. Recuso-me a chamá-lo de punk. Vomitei mais. E mais um pouco, até que só restassem espasmos e uma dor aguda no estômago. O grupo subversivo saiu de perto, eu saí por cima: com os tênis sujos de vômito e uma estranha dignidade – aquela dos plenamente derrotados, sem nada a perder.

Em três noites, ou talvez tenham sido dez meses, eu já tinha tido nada a perder várias vezes. Faz parte de viver desse jeito, kamikaze. Pensei em dar um pulo no Simba, quem sabe pegar uma farinha no F, tentar renascer, e explicar a ele a situação da arma – que eu não tinha a menor ideia de onde estava. Meu estômago embrulhou só de pensar nisso. Aliás, será que vomitei dormindo naquele cubículo podre do boteco? Podia ter morrido. Uma morte clichê – nada tão diferente da minha caminhada de artista atormentado. Quero que fique bem claro que eu sabia muito bem o que estava fazendo: o personagem era autoconsciente. Eu me perdia às vezes, admito, mas na maior parte do tempo tinha controle sobre minhas ações – horríveis para os mortais, arquitetadas meticulosamente por uma mente febril.

Peguei o celular: tela completamente quebrada, impossível de ver qualquer coisa. Vibrei com a notícia, poderia adiar minha responsabilidade para com a existência por mais um tempo. Esperei meu enjoo estabilizar, fumando um cigarro vermelho para ver se ajudava, e entrei no primeiro táxi que vi. Sentei ao lado do motorista, torcendo para que ele falasse alguma coisa – não aconteceu; só perguntou o endereço e, durante o trajeto, me deu umas olhadas de canto. Murmurou: "Bicha." Taxista é tudo filha da puta. Eu jamais perdia a chance de tirar uma onda com essa classe de arrombado, pelo menos desde a vez que me humilharam. Eu era jovem e muito mais manso, estava bêbado nível retardado, tropeçando nas próprias pernas, com a camiseta mostrando que eu tinha comido um cachorro-quente podrão havia pouco tempo, toda suja de molhos variados. Pedi, por favor, que o profissional me levasse ao Sítio Cercado, bairro em que morava na época. Ele me olhou e riu. Riu junto com os colegas gordos dele e me mandou sair fora. Eu obedeci. Isso jamais se repetiria. Não enquanto eu estivesse sob o julgo do cachorro louco.

Décimo primeiro ato – Chagas de Cristo

Não havia ninguém no estúdio. Tudo continuava muito limpo, asséptico. Incomodei-me com o cenário: não combinava em nada com meu estado. Fui tirando a roupa enquanto caminhava para um banho rejuvenescedor. Melissa tinha uma banheira grande, de um preto-fosco magnífico; seria como retornar à placenta. Deixei o ventre enchendo e fui atrás de uma cervejinha. A geladeira estava vazia. Por comida, nem busquei. As drogas também não estavam em cima da estante. Comecei a me perguntar em que buraco aquela pilantra se tinha metido, já que não estava boa ainda para trabalhar.

Imergi na banheira, tranquei a respiração o máximo possível. Voltei à superfície, traguei meu cigarrinho. Bati a cinza na água e achei graça. Mexi em meu pênis, bastante flácido, com a esperança de que o órgão inválido desse sinais de vida – milagrosamente, deu certo. Agradeci às chagas de Cristo. Fechei os olhos e busquei na mente um compilado de cenas do Pornhub envolvendo bundas brancas e pés rosados – cavalgando ou não em um pinto gigantesco, de borracha ou carne; Anya Olsen, Sasha Grey (aposentada), Alexis Texas (idem). Esporrei na água com muito gosto, não sem algum esforço, virou uma nojeira pegajosa, eu me tremendo todo depois de um bom tempo sem praticar essa atividade saudável. Senti-me absolutamente novo e radiante: fótons de esperança saíram de minha glande, gozei redenção, hormônios do bem inundaram meu cérebro baleado. É de conhecimento popular que, antes de qualquer decisão importante, uma punheta é essencial.

 Melissa chegou enquanto aquela gosma escrota flutuava na água e eu me encontrava vulnerável – ainda com a mão na massa, digamos. Escutei a porta de entrada abrir e já berrei para que, por favor, ela não viesse ao banheiro pois eu estava nu e triste. Pensei, por um milésimo de segundo, se seria muita sacanagem só escorrer aquela água e fingir que eu jamais tinha esporrado na banheira. A proposta me pareceu pervertida e convidativa, mas é mais provável que eu fosse admitir tudo – não sem alguma culpa e nojo, em algum momento de entorpecimento severo. Fui logo me levantando, com o pinto ainda em riste, e só tirei a tampa do ralo. Que se foda.

Encobri minhas vergonhas com a toalha, cuidando para deixar a vara à esquerda, e apareci com o torso descoberto. Queria mostrar-lhe que estava machucado e, com alguma sorte, ganhar palavras de consolo e carinho. Queria também, é claro, entender que porra tinha acontecido naquele inferno do caralho. Foi ficando bem óbvio que, dali a alguns dias, a vida iria transformar-se em um caos incontornável, caso mantivéssemos o mesmo ritmo de entorpecimento constante. É o que costuma acontecer quando se vive no piloto automático, tão doente de droga e cachaça que não se tem a menor noção do que se está fazendo. E, para começo de conversa, eu ainda nem tinha entendido os motivos de Melissa me acompanhar daquele jeito. Estava mais do que na hora de passarmos um cafezinho preto, bem forte, e colocarmos as cartas à mesa, cada um pitando um cigarrinho e tentando recuperar algum senso de normalidade – como quando se lava a louça e aquela pia limpinha, por si só, parece ter a capacidade de amenizar o desespero de se existir sem nenhum propósito neste mundo esquecido por todos os santos.

"Pingo! Que horror! O que aconteceu?", é claro que deu certo. Mantive a cara fechada, pois lembrei que, querendo ou não, ela me tinha abandonado naquele pardieiro. "Estava morrendo de preocupação. Acabei de voltar do bar", explicou-me. Será verdade? Percebi que seus braços também estavam machucados, marcas muito parecidas com as minhas. Aproximei-me e peguei aqueles gambitos, analisando-os com os olhos semicerrados. Melissa se esquivou com violência e me empurrou: "Não me encosta." Obedeci.

"A senhora pode me explicar, por obséquio, onde está a minha carteira e o meu automóvel?", solicitei cortês.

"Nos meus bolsos é que não estão. Estou de saia, olha", virou a bunda para mim.

"Muito engraçada."

"Vamos tomar um café preto e relaxar, Pinguinho. Chega de loucura por um tempo", e foi em direção ao armário. Parece que leu minha mente, a sacana. O que é que eu poderia fazer? Sentei no sofá, ainda só de toalha, e aguardei – já com o pinto murcho, graças a Deus, uma preocupação a menos nesta vida. Como daquela primeira vez, trouxe-me um cigarrinho e o isqueiro Bic. Pouco depois, uma xícara fumegante, o estúdio já tomado pelo cheiro de redenção.

"O que você lembra de ontem?", perguntei e dei aquela bicadinha com barulho, só na pontinha do líquido quente. Absolutamente delicioso. Parecia um milagre. Não consegui esconder minha alegria, é claro, eu sempre ficava parecendo uma criança no Natal quando me sentia feliz. Acho que, por ter-me sentido triste na maior parte do tempo em que me entendo por gente, nunca achei patético demonstrar contentamento. Lembro uma vez, em uma das quinhentas recaídas da minha vida, em que cheguei a chorar de felicidade quando fiquei sabendo que, enfim, iria cheirar uma linha de cocaína depois de tanto tempo na pior. O diabo mora nas pequenas coisas.

"E eu lá vou saber, Pingo? Sei tanto quanto você. Só saí antes porque, sei lá, estava me sentindo estranha. E você lá falando sem parar sobre tua ex, pra variar. Quem aguenta essa merda? Precisava deitar na minha cama, relaxar. Eu sabia que você ia ficar bem. Toma", devolvendo-me carteira e chaves do carro. "Estão aqui tuas merdas. Guardei pra você."

"Puta que pariu! O Opalão tá aí?", corri para a janela. Nada. Melissa me explicou que provavelmente ele tinha sido guinchado, o pretão, já que passou em lugar inapropriado a madrugada inteira e mais o dia. Eu teria de dar adeus ao meu mais novo xodó – e à arma que ficou dentro dele, naturalmente. Explicar essa história pro Simba vai ser uma bosta. Mais um gasto à toa para compensá-lo, imagino. Já estava tudo virando uma merda, sem graça nenhuma, quase um retorno à estaca zero: sem namorada, sem drogas, sem carro. Sem porra nenhuma. Só a companhia de uma travesti desvairada e bonita, talvez um gênio, da qual eu não sabia nada e com a qual eu queria estar a todo momento.

Terminei de beber meu café ponderando em silêncio. Cofiei meu cavanhaque ralo por um tempo, depois me demorei um bocado no bigode, aproveitando as tragadas com gosto. Melissa me acompanhou no momento reflexivo, sei lá no que ela estava pensando. É legal quando você realmente desliga a mente e se atém ao ato de fumar um cigarro, sem que seja só aquela coisa automática e viciosa. Acontecem poucas vezes. Não resolvem nada no quadro geral, mas ajudam a tornar as coisas – momentaneamente – mais toleráveis. Um mínimo que seja.

"Acho que está na hora de eu ir para casa."

Décimo segundo ato – Bill

A geração artística dos anos 90 está perdida não por falta de opções, mas pela abundância de caminhos vazios. É muito fácil, depois dos cavalos de Troia do século 21, perder-se em manobras puramente egoicas e deixar para trás o impulso de se expressar somente pelo poder da expressão – por ter algo importante a dizer; também é fácil permanecer estático, sem mover uma palha, por medo de se fazer superficial. É necessário estar perdido de uma forma verdadeiramente significativa para sentir o impulso de juntar os pincéis, organizar a paleta e montar o cavalete; para sentar-se à frente de um objeto inanimado e ruminar sozinho, às vezes por horas, em busca de uma sequência satisfatória de palavras que não vai dizer nada para ninguém – e, se disser, não fará nenhuma diferença.

É por isso que, independentemente da qualidade do que se é expressado, é absolutamente necessário respeitar os que têm coragem de dar a cara a tapa, seja lá qual for a linguagem escolhida. Porque o artista, lembro o Bill dizendo, é um homem empalado por um pedaço de madeira podre, em meio a um banhado imenso, sem nenhuma perspectiva de se libertar – equilibrando-se até onde pode, sempre na iminência de tombar para o lado e se afogar no lodaçal de merda, completamente anônimo e urrando de dor.

    O Bill esqueceu de completar: para assistir à performance do artista também é preciso imergir no lodaçal e buscar seu próprio apoio falho. Acompanhar a expressão de um semelhante é um grande privilégio: em um momento de fruição sincera, tratam-se de dois universos – completamente diferentes – juntos por uma causa perdida. Quem melhor expressou essa noção foi Roberto Bolaño no final de *Amuleto*, quando os meninos caminham ombreados rumo ao abismo. Não há definição melhor para insanidade e perda de tempo do que escrever ficção – mesmo assim, é óbvio que eu jamais conseguiria levar a vida de uma maneira diferente. Escrevo. É igualmente óbvio que a batalha de egos, neste meio tão podre como qualquer outro empresarial, é capaz de trucidar a noção de que deveríamos estar unidos contra os controladores gordos. Isso não acontece. Por mais que a expressão seja uma dádiva, não é cura. Não que exista exatamente algo a ser curado; talvez se trate tão somente da forma como nos desenvolvemos: em meio à competição, sedentos pelo maior pedaço da perna do cervo, uma com mais carne. Os impulsos animalescos só foram domesticados, mas existem coisas sombrias que moram em nosso peito. Coisas inominadas. Quando as palavras não dão mais conta, é preciso agir.

    O prédio histórico da Universidade Federal do Paraná divide o cenário com a Praça Santos Andrade. A construção é inteiramente branca, com pilastras robustas, vários andares e uma escadaria enorme, como naquela pintura em que Sócrates aponta o indicador para o mundo das ideias. Deve ser de inspiração grega – não tenho certeza, não entendo porra nenhuma de arquitetura. Na parede do prédio paralela à Rua XV, famosa por seus paralelepípedos charmosos e mendigos insanos, desponta uma silhueta rosa do Davi de Michelangelo; sem a musculatura definida e o pênis pequenino, o que se destaca são uma coloração chapada e os olhos, imensos, concentrados em alguma coisa muito importante que acontece à esquerda. Enquanto a compleição foi feita com tinta spray, o olhar foi impresso em papel e ocupa todo o espaço onde deveria estar a cabeça. Davi traz no peito um coração pulsante e, ao seu lado, na altura dos joelhos, repousa a face do que se imagina um Jesus Cristo primal, de cabelo crespo e pele parda, cheio de ódio – muito diferente da representação romana, quase sexual e inofensivo. Os olhos do Salvador estão vendados por uma tarja preta, censurados, e uma auréola da cor do Sol serve--lhe de coroa de espinhos. Como assinatura da obra, lê-se: Pink'd.

Avistei de longe uma figura mirrada agonizando em um banco da praça, cofiando uma barba à Walt Whitman, sol de rachar. Biquei meu latão de Kaiser morno e espremi os olhos, tentando reconhecer se era mesmo quem eu estava pensando. Quando tive certeza, joguei a lata fora – cada gole era quase uma golfada – e me aproximei em um trote ligeiro, berrando: "Bill. Bill. Bill."

"Por que você tá gritando, pelo amor de Deus?", ele me perguntou a metros de distância, também gritando.

Demos um aperto de mão, Bill não gostava de abraços, e notei que ele estava com olheiras profundas, cara de acabado. A arte na parede da UFPR era a maior que já tinha feito, eu desconfiava. Estava fresquinha, e o pessoal passava tirando fotos e fazendo comentários baixinhos, penso que a respeito da sanidade do autor – que pendurou-se sabe Deus onde para deixar sua marca, na companhia dos moradores de rua agressivos que bailam pela capital paranaense pelas madrugadas. Os estudantes de Direito só passavam batido, indiferentes à intervenção divina; os policiais pareciam tristes pela ideia de terem de buscar nas câmeras de segurança o responsável por aquilo, pois até a maior anta do mundo conseguia perceber que estava contemplando algo magnânimo, e não condenável.

Bill esteve longe por anos, acho que em São Paulo e pela América Latina, com o objetivo de disseminar uma ideia. Eu precisava saber de todos os mínimos detalhes, mas antes teria de me recuperar do acontecimento: saí do apartamento da Melissa com a certeza de que encontraria o Bill em alguma esquina, mentalizando isso, e aconteceu. Sem que precisasse dizer palavra sobre o acontecimento bizarro, ouvi um sussurro: "Há mais coisas entre o céu e a terra do que sonha nossa filosofia." Mas é claro. Claro que há.

Fomos ao Café do Estudante, próximo ao Passeio Público e ao campus de humanas da Universidade, para pôr o papo em dia. Pensei em pedir uma cervejinha, sentado bem à vontade ao ar livre, mas lembrei que tinha prometido a Bill que não beberia mais, já que a última vez que nos tínhamos encontrado tinha sido antes da minha internação – ele foi o único a me acompanhar e dizer que tudo ficaria bem, ou pelo menos acho que foi assim. Ele sabia como eu ficava quando bebia; sabia o que eu fazia. Hesitei um segundo e, quando estava quase saindo "uma água com gás", Bill pediu duas doses de conhaque – do mais barato – e um litrão de Brahma – trincando, por obséquio. Piscou para mim e mostrou uma bucha enorme de cocaína, na frente de todo mundo. Quase chorei de alegria. Acho que até chorei de fato, na verdade, uma única lágrima espessa pela bochecha inchada, *one single tear*.

O celular em cima da mesa tocava *The Message*, de Nas, extremamente alto. Quando um maluco veio reclamar, até com certa educação, Bill mandou ele tomar no cu e levantou jogando a cadeira para trás, com os olhos desvairados, já indo para cima do que possivelmente era um estudante de Letras tentando impressionar sua namorada magrela e tatuada naquela tarde quente. Que erro. Ouvi um pedido de desculpas quase chorado, e Bill não precisou sacar do facão indígena – pôde iniciar seu relato sobre o tempo que esteve fora, o que andou aprontando e em que ponto de satisfação se encontrava agora, já que a gente sempre gostou muito de conversar sobre as coisas da vida e também as do coração.

Décimo terceiro ato – Sobre meninos e lobos

Uma das pilastras do Museu de Artes de São Paulo acordou diferente naquela manhã. Para deixar sua marca em um ponto tão vigiado, Bill precisou fazer amizade com os seguranças e, principalmente, com os indigentes que moram na cobertura do local pela madrugada. Para os profissionais, cocaína e Kaiser; para os mendigos, garrafas de pinga e crack. E muita conversa, também. Você se impressionaria com o quanto o pessoal de rua tem para falar – a solidão na qual ele está imerso e só acaba por perceber quando um ouvido amigo se apresenta. Bill ouvia de verdade, o submundo era de seu profundo interesse. Sem contar que, vivendo nos limites como estava fazendo, um dia talvez precisasse usar todos os truques de sobrevivência compartilhados pelos homens tristes. Prazer e prática se unem.

Para pôr esse plano em prática, o de carimbar o MASP, trabalhou por meses servindo mesas em bares da Augusta, juntando todas as migalhas de pão e transformando-as em suborno para os homens de pequeno poder e agrado para os homens de bem – o que não entendi direito, já que Bill dispunha de bom dinheiro na conta. Ficou sóbrio por todo esse tempo, mas precisava agir como um louco para ganhar credibilidade. Após semanas de encenação, ou talvez tenham sido três dias, conseguiu. E os turistas abastados juram até hoje que aquele PINK'D enorme, imortalizado na pilastra da instituição de respeito, faz parte da programação regular do museu – é, inclusive, um dos maiores sucessos. Bill jamais foi pago como artista, desnecessário dizer.

A comemoração foi macabra. Sem beber havia um tempo considerável, Bill escolheu uma garrafa de conhaque – o que o dinheiro pagava, Dreher – e cinco gramas de raio. Sem nada além da roupa no corpo e a chama no coração, vagabundeou pelas ruas da metrópole por três dias, cheirando pó em banheiros de shoppings e de botecos de chineses, completamente paranoico e satisfeito. Quando a droga acabou, repousou em meio à Avenida Paulista, tornando-se parte indissociável do cenário. Conta, orgulhoso, que viveu a cidade em sua máxima intensidade e que aprendeu como paulistano é filho da puta – falam do silêncio arrogante do curitibano metido a europeu, mas por que nunca comentam a babaquice desse pessoal que acha que vive em Nova

York? Acabou detido pelos cães de uniforme e tomou uma surra épica, da qual guarda cicatrizes até hoje. À pergunta "arrependeu-se de algo?" diria que com certeza não, vive-se para celebrar. Foi quase como fechar com chave de ouro. Eu é que não faria uma indagação tão besta.

O homem de pedra, solitário, repousa no centro das ruínas de Tiauanaco, na Bolívia. Existe um ar demoníaco em sítios arqueológicos. Bill não estava interessado nas palavras do guia turístico, até porque não as entendia. Não entendia porra nenhuma: exatamente como David Foster Wallace na Itália, sem saber uma só palavra em italiano, Bill estava perdido em meio àquele idioma mais ou menos familiar, mas inatingível. E não tinha interesse em aprender, não. Seu objetivo, ali, era outro – e muito claro. Não precisava de interação social para atingi-lo, a não ser que isso se mostrasse estritamente necessário. Diferentemente dos receios que tinha na capital paulista, o que temia ao pisar nas ruínas era algo mais místico, bem menos real do que um guardinha exercendo seu mísero – e triste – poder. Ao sacar da lata de spray pela madrugada, no dia em que decidiu agir após muito hesitar, Bill escutou uivos distantes e sentiu o coração pesar. A cada passo em direção ao homem de pedra sentia uma presença sombria, que nada tinha com a escuridão ou o vento abafado da madrugada. Ele sabia, de uma maneira que não pôde explicar com palavras, que aquilo era diferente. Foi em frente.

Bill não se lembra de nenhum momento do processo. O sítio arqueológico apareceu todo marcado pela manhã, com inúmeros PINK'D em diferentes rochas históricas. O homem de pedra estava inteiro rosa, e o artista chorou (sem lágrimas) ao vê-lo. Aborígenes se reuniram em torno da estátua e realizaram algum tipo de dança primal, entoando cânticos que davam arrepios. Bill entendeu cada uma daquelas palavras. Sentindo-se à vontade, tentou juntar-se aos nativos. Tomou uma surra da qual jamais irá se esquecer, e só não morreu porque um senhor começou a gargalhar, do nada, e gritou alguma coisa que fez seus companheiros pararem. O velho continuou rindo, parece que surtado, apontando para Bill todo arregaçado no chão de terra, babando sangue e sem dignidade – até que ele também começou a se animar e esboçou um sorriso amarelo, e Bill, tomou um último chute na costela e foi dispensado.

Mais tarde, delirando de febre embaixo de uma árvore, pensou no ser humano vestindo paletó e segurando um jornal que estampa a edição brasileira do romance *Matteo perdeu o emprego*, de Gonçalo M. Tavares. Lembrou-se de um inquérito que existia no livro, no qual uma das perguntas era sobre a pessoa ter coragem ou não de destruir uma obra de arte. Bill soube sua resposta naquele momento. Ouviu berros ancestrais durante horas, sem ter certeza até hoje se eram ou não os seus próprios – o desespero de alguém que não conseguiu lidar com o peso de uma conclusão decisiva, mas compreendeu trazer a Chama no peito, como naquela história milenar na qual um aventureiro se bateu com lobos em uma viagem ascética, depois voltou para a civilização e foi infeliz para sempre.

Para dali a duzentos anos, em um futuro que não será tão diferente do presente, já que a gente tende a sempre exagerar o brilhantismo do porvir, um menino se masturbando – solitário e suicida – irá pensar na possibilidade de um livro ancestral explicar a relação do ser humano com as artes e a potência gerada pela expressão dos desesperados. Será apenas um lampejo pouco considerável, totalmente destoante da dedicação animal do momento, nada que lhe irá ocupar a mente por muito tempo, mas o suficiente para plantar a semente da dúvida e fazer com que o mundo se apresente a ele em tons um pouco mais convidativos, menos cinzentos, no melhor dos casos.

Nada mais deu certo depois de Bill ter violado a história da humanidade de uma maneira irreparável. Todas as portas se fecharam – e não se trata dos objetos físicos aos quais se chamam portas, ou até mesmo janelas, mas daquelas interiores, as que realmente importam. Sem conseguir racionalizar o motivo de se sentir derrotado, já que do ser humano nunca sentiu nada além de repulsa, colocou seus objetos em uma trouxinha, prendeu-a em um graveto – que se curvou com o peso dos pertences – e decidiu voltar para casa, seja lá o que essa palavra signifique. Pegou um ônibus na Argentina com destino a São Paulo, a fim de ver montanhas bonitas antes de se despedir do sonho. Durante o trajeto, pichou um banheiro podre e bebeu duas garrafas de conhaque barato – bem discreto no começo, escandaloso mais para o final. Gritou impropérios em português, ninguém deu a mínima. Sentiu muita vontade de fumar cigarro várias vezes, o intervalo entre as paradas era imenso. Entre pinceis, tintas e um facão original de uma tribo boliviana da qual não sabe o nome, trouxe para o Brasil uma bucha enorme de farinha da boa, com a certeza de que iria consumi-la com o seu querido amigo Pingo.

Décimo quarto ato – Amor à Cana

Transitei por entre quatros estados nesses dias que pareceram meses, ou meses que pareceram dias: bêbado retardado, travado de raio, psicótico e deprimido. Quando Bill terminou sua narrativa pedagógica eu me encontrava na primeira posição, de um jeito que conseguia até sentir meu rosto bebum desfigurado e molenga, em um misto de sono e horror. Balbuciei: "Uma linha para um condenado." Bill percebeu meu estado ridículo e propôs que saíssemos fora, pois ele conhecia a tempestade prestes a cair. Levantou-se, determinado, pegou-me pelo braço e fomos ao balcão tomar uma última dose generosa de conhaque barato, porque a noite é uma criança. Depois de virarmos os copos, advertiu-me: "Não vai ficar fazendo escândalo, pelo amor de Deus", com a voz arrastada, derrubando o copinho no chão imundo e berrando repetidas desculpas para a atendente assustada.

Trançamos as pernas até o Casa Verde – não o hospício de Machado, mas algo bem parecido: o bar frequentado por estudantes dos cursos de humanas da Universidade Federal do Paraná, perto de onde estávamos. Bill ainda lembrava que o banheiro do local era utilizado exclusivamente para se consumir entorpecentes, ninguém mijava naquela porra – até porque os mictórios estavam constantemente transbordando, fedendo, inutilizáveis. Sempre me perguntei se o dono, um homem calmo e eficiente, tinha ligação direta com os meninos do tráfico que trabalhavam por aquela área.

Mal embicamos na esquina e lá estava Maria com o acadêmico. É claro que isso tinha que acontecer – de novo. Soltei uma exclamação caricata, acho até que bati o pé direito no chão, tipo a Scarlett fantasiada de David Bowie em *História de um casamento*. Bill sacou a tramoia e me acalmou, mostrando que compreendeu os desígnios de Deus: "É bote, Enoque", repetiu a frase do filme *O homem do ano*, o qual adorávamos. Disse que só iríamos dar um teco grandão no banheiro e poderíamos ir embora. A não ser que eu estivesse com planos divertidos em relação ao acadêmico, pois assim poderíamos estender nossa estadia num local barato, decadente, bem nossa cara, e ainda matar a saudade de arrumar briga e fazer cagada. Com vontade de berrar de alegria e abraçar meu amigo, concordando com tudo que ele tinha dito e ainda mais, comecei a chorar baixinho – lágrimas de agradecimento, perplexo diante da empatia humana.

Recebi um afago carinhoso no cabelo seboso e vi Bill despontar num *sprint* digno de Larry Fitzgerald, gracioso, mesmo sendo um homem branco. A velocidade e potência saíram de todo o corpo para o punho direito, fechado com profunda decisão e dignidade, e a cara do acadêmico recebeu uma pancada histórica. O estudante caiu para trás como se a gravidade o tivesse derrubado de uma altura incrível, bateu seco no asfalto. Começou um berreiro e o pessoal foi se afastando, Maria chorava e perguntava por que eu tinha feito aquilo na maior pilantragem. Nem deu o direito de o adversário se defender – como se ele tivesse qualquer chance contra um louco.

Bill urrou olhando para o céu, chacoalhando a mão direita (machucada), e um cinturão metafísico de campeão da WBC apareceu em seu ombro. Eu batia palmas com muita alegria, não saltitei para não entregar demais o ouro, soube que meu querido amigo tinha posto em prática os ensinamentos de Bruce Lee – a rotação do corpo, todo o equilíbrio, em prol de um soco bem dado na boca de quem merece. "Viu, Maria? Viu, Maria?", eu em êxtase, ela chorando. Os amigos do corpo no chão pedindo para alguém chamar a polícia, bundões de dar dó. Os piás do tráfico fecharam em cima de nós na hora, falando que não era para arrumar briga ali, caralho. Ficou nisso, na advertência, já que eu era figurinha carimbada, chegadão da rapaziada. Falei para eles que estava limpo, tudo resolvido, e fui pedir um litrão de Brahma ao Zé. Alguém me puxou pela camiseta: "Não, maluco. Mete o pé daqui, viado." Descobri que o sentimento de amizade pode ser unilateral. Uma confusão bem-feita já valia por toda a noite, de qualquer forma, então concordei, desculpei-me com o dono e com os meninos e sugeri ao Bill que fôssemos ao Amor à Cana, um recanto angelical que ele ainda não conhecia.

Na entrada do bar, o homem vestindo uma máscara de médico da época da Peste Negra nos recepcionou. No trajeto, eu e Bill tínhamos mandado duas linhas gordíssimas cada um, bem da purinha, pó resplandecente, prontos agora para um litrão gelado e horas de groselha verbal. Antes de a festa começar, porém, eu precisava questionar nosso anfitrião: "Por que você está usando essa máscara, pelo amor de Deus? Ela é *tão* medonha." O serviçal sorriu, não pude ver mas tenho certeza que sorriu, e tirou aquele objeto que imita a face de um corvo de bico gigante e macabro do rosto. Seus lábios e nariz eram deformados, parece que pedaços inteiros tinham sido arrancados. Ele entortou o que restava da boca para cima: "Me deem seus casacos, cavalheiros", em uma voz nasalada, cordial apesar de tudo. Nós estávamos somente de camiseta, apesar do frio, e ele fingiu remover capotes russos de nossos ombros, gargalhando histericamente. "Do frio incômodo de Moscou para o quente afago de um ambiente sadio, senhores", ele disse, e Bill me olhou de canto, inquisidor, tenho certeza que triste pela enrascada à qual eu o tinha arrastado.

Na entrada, Betão me olhou com um sorriso debochado. Ele sempre trazia na cara aquela expressão estranha, como se achasse muito engraçado o monte de merda que a juventude fazia em seu bar. Como se tratasse seu *business* com ironia. Fiz para ele um joia escandaloso, com o braço direito levantado bem alto, e pedi ao Bill que tratasse das bebidas, pois eu precisava mijar – queria mesmo é cagar, o pó e suas propriedades dietéticas, mas nem tudo era perfeito no Amor à Cana: só tinha um grande mictório de alumínio, muito fedido, normalmente entupido de plásticos brancos de cocaína e pinos mascados. Eu não podia deixar um marrom ali, com o risco de perder a amizade de anos com o dono – por mais que a ideia soasse hilariante. Aliviei-me. Na volta, não vi mais Bill. Provavelmente tinha sido tragado pela noite. Subi ao segundo andar, onde a diversão realmente acontecia, certo de que ele logo subiria as escadas.

Na sala da diretoria, como chamávamos o lugar onde se podia fumar, jogar sinuca e pebolim e cheirar pó em cima da mesa, sem o menor de risco de ser julgado pelos semelhantes nem pela polícia, vi duas caras conhecidas: Iggy Pop, com o permanente sorriso estampado no álbum *Lust for life*, e Jim Morrison. Aproximei-me da mesa de fininho e gritei: *"Tremendo singer es usted, señor Jimbo!"*, com os olhos brilhando. O cara tirou a máscara de papelão e me mandou tomar no meio do meu cu. Iggy também revelou sua face; sem me agredir verbalmente, estendeu a mão grande e musculosa: "Muito prazer. James Newell Osterberg." Caí para trás – a expressão, não literalmente (seria ridículo). Era realmente ele, o Padrinho do Punk, velho mas conservado, sentado em uma cadeira de plástico amarelo da Skol.

"Jimmy!", exclamei. "Posso te chamar de Jimmy?"

"Você pode me chamar exatamente do que você quiser, meu querido amigo Pingo", respondeu sorridente, apontando para um maço de Marlboro na mesa. "Pega um vermelhão para assuntarmos. Preciso te contar muitas coisas."

"Sou todo ouvidos, Jimmy", respondi acendendo um cigarro. "Tem um conhaquinho aí, de repente?"

"O que você quiser, queridíssimo", pegando uma garrafa de Dreher do chão e servindo duas doses. Brindamos à amizade e estalamos os beiços.

Iggy me disse que a vida na sobriedade era possível, mas não aconselhável em determinada idade – na juventude, principalmente. Se for para viver em privação constante, morrendo de medo da vida, melhor seria suicidar. Explicou que é preciso aproveitar enquanto há tempo, porque depois as ressacas ficam monumentais e, o mais importante, o que era excepcional perde a graça. Disse que não se arrepende de um só segundo de entorpecimento, principalmente daqueles dos quais não se lembra. Contou-me que ainda faz exercícios diariamente, sempre foi vaidoso, e que está aventurando-se na pintura. Admite não ser muito bom nessa arte, mas trata-a como passatempo. Foi muito difícil abandonar a adrenalina dos palcos e, mesmo que tenha tentado enganar a si mesmo por algum tempo, não conseguiu se adaptar ao mundo sem fabulação. Ainda compõe músicas quando as musas sussurram o impossível, mas guarda-as para si mesmo – chegou num momento decisivo da vida no qual não sente mais necessidade de expor ao mundo suas criações; pratica as artes exclusivamente para deleite próprio, e a isso chamou insanidade, e a isso também quase chegou a chamar maturidade – sábio que só, conteve-se.

"Muito obrigado por me ouvir, Pingo", apertou minha bochecha gordinha. "Eu estava precisando de um ouvido amigo. Com minha fama, sabe como é, difícil achar pessoas que se aproximam de mim porque realmente se importam comigo enquanto ser humano, e não só porque sou um personagem midiático, pioneiro e milionário", pausa filosófica. "Vamos uma sinuquinha? Quem perder paga uma Brahma."

"Tem certeza que quer jogar comigo, Padrinho? O pessoal me chama de Rui Chapéu", ele riu com gosto. E eu ri com ele. Que gente boa, o Iggy Pop.

Uma partida duríssima se sucedeu. O bar inteiro rodeou a mesa, e precisávamos ficar pedindo licença para dar a tacada. Sobrou só a oito e era minha vez: Jimmy sabia estar perdido. A expressão em sua face mudou subitamente, como quando em *Coffee and cigarettes* Tom Waits informa que não havia músicas dele, do Padrinho, na Jukebox. Matei a preta e Pop quebrou o taco nas minhas costas, chamando-me de trapaceiro e filho da puta, em perfeito português. Comecei a pedir perdão, com a pele em brasa, e ele desceu as escadas me dizendo que não ia pagar porra nenhuma e que eu podia ir me foder, ir para a casa do caralho, ir tomar no meio do meu cu, e desejava que minha vida virasse uma merda e que eu me fodesse para sempre. Não era a primeira vez que eu ouvia palavras daquele tipo, aparentemente as pessoas desejavam o mal para mim. Mas nunca tinha visto alguém ficar bravo daquele jeito por causa de sinuca, isso com certeza.

"Jimmy...", saiu chorado. Queria muito saber o que ele tinha a dizer sobre o primeiro amor de um homem. Queria saber o que ele tinha a dizer sobre meu consumo de cocaína: após quase uma década de uso regular, é vício irreparável? É só diversão? Eu mereço ser feliz, James? Perdi a chance da minha vida. E, é claro, nenhum filho de uma égua moveu uma palha para me ajudar; muito pelo contrário, apontaram para meu corpo judiado e riram; riram de mim e aplaudiram o Iggy, que se retirou por cima da carne seca. Tudo bem: eu não esperava nada daquele tipo de gente filha da puta. Para completar, vi que tinham cheirado todas as linhas que eu deixara em cima da mesa, com a certeza de que, após a partida, eu e James iríamos degustá-las e conversar até o sol raiar. Eu tinha muito a aprender com o carinha. Aprenderia mais sobre a vida naquela madrugada do que tinha aprendido até aquele momento da vida, em um percurso marcado por mágoas e arrependimentos. Ledo engano. Conformei-me com a miséria humana e fui procurar o Bill.

Saí literalmente me arrastando pela porta do Amor à Cana. Deram-me uma linha enorme lá dentro, alguma alma caridosa que se compadeceu da minha situação lamentável, provável que estivessem somente me repassando o meu próprio produto roubado, e dei três tragadas desnecessariamente longas – em sequência, sem respiro – em um mesclado entupido de crack.

"Bill. Billy. Se Maria me chamasse, eu iria na hora. Eu iria rastejando, Bill", disse para o nada, já fora do bar, ainda rastejante, sem perceber que meu querido amigo estava realmente ali perto, sentado ao lado do mendigo Fernando, um coxa-branca fanático que meio que morava no bar e bebia muita pinga de barril, pedindo cigarro para qualquer coisa que se mexesse e soltasse fumacinha. Fernando riu aquele riso banguela: conhecíamo-nos havia muito tempo, ele sempre me chamava de gay e me dava um abraço fedido. Dessa vez foi um pouco diferente, menos afetuoso, porque ele já devia ter mamado uns cinco litros de cachaça pura, ou mais, e estava xarope pra cacete. Eu estava na boa.

"Pingo...", respondeu Bill, olhando para mim de cara fechada e tentando levantar-se, escorando-se na parede. Percebi que ele estava com uma pinga na mão, e o Fernando logo reclamou o pertence. Bill jogou a garrafa longe e um silêncio tenso se instalou por poucos segundos.

"Levanta do chão, moleque do caralho", Betão, o dono, gritou lá de dentro.

"Tá limpo, porra. Tá limpo. O pessoal tá de bote, Beto. É bote", eu berrei e rolei para a calçada com dificuldade, os olhos arregalados. "Fizeram algo com meu amigo", tentei puxar um cigarro do maço do bolso – quebrou ao meio.

"...", Bill tentava mexer os maxilares, ainda olhando fixo para mim e passando a língua pelos lábios, fuzilando-me mentalmente.

"Ô gay, me dá um cigarro."

"Piá do caralho. Levanta desse chão."

"... Pingo", mais uma chamada. Bill reuniu todas as forças que lhe restavam. As bochechas murchas mexendo em fúria canibal. As narinas inflando e voltando ao normal. Parecia um touro indomável. Uma besta selvagem prestes a ser liberada.

"...", quase.

"Me dá um cigarro, gay. Não seja pilantra."

"Mas que piá do caralho! Levanta desse chão, seu filho de uma puta."

"... Pingo. Cala essa porra dessa boca, pelo amor de Deus", foi. Havia honestidade e desespero em cada uma daquelas palavras gaguejadas por Bill, a cocaína agindo perfeitamente para travar as mandíbulas e secar a língua do meu amigo. Todo mundo emudeceu. Eu olhei para ele assustado, tentando tirar o segundo cigarro do maço – novamente sem sucesso.

"Gay..."

"Eu tô tentando pegar um cigarro pra você, seu mendigo desgraçado", explodi subitamente, levantando-me em um pulo. Fernando baixou o olhar e murmurou que não precisava de tudo aquilo. Não levou um minuto para eu perceber que me havia excedido, e paguei a ele mais um barrilzinho de pinga. Bill ainda me olhava com muita raiva, esperava uma resposta. Talvez o tempo estivesse diferente em sua cabeça. Aproximei-me e falei a ele que estava tudo bem.

"..."

"Aconteceu algo muito estranho lá dentro, Bill. A gente precisa fazer alguma coisa", confidenciei a ele no pé do ouvido.

"... Pingo."

"Você não vai acreditar. Também não é nem questão de acreditar, porque todo mundo viu", levantei minha camiseta para mostrar a ele o vergão da tacada que o Iggy Pop me deu nas costas. "Tá vendo isso aqui?", apontei com o dedão da mão direita, me contorcendo. "O Padrinho arrebentou um taco nas minhas costas porque eu sou o Rui Chapéu. Joguei com confiança, o resultado está aí. Mel na chupeta. Mas, ô, eu preciso te falar, Bill. Você sabe que tem dias em que a gente só precisa desabafar. Quebra essa pra mim, por favor. Eu ia te falando da Maria. Acho que eu fui um pilantra, Bill. Não consigo conviver comigo mesmo. Não aguento mais viver. Qual você acha que é o sentido da vida? Faz tanto tempo que a gente não conversa sobre essas coisas. Lembra quando a gente passava a madrugada inteira discutindo filosofia? As coisas parecem tão mais chatas hoje. Acho que aquela música do Raul diz tudo, né? Só que nós dois somos o amigo Pedro. A gente achou que era rockstar, mas não tem banda. Não tem como ser rockstar sem banda, né? Além do mais, olha só o que um suposto rockstar fez com um fã", mostrei o vergão de novo. "Tudo estrela. O ser humano é plenamente corruptível. Dê uma moeda para um mendigo que ele vai te esfaquear pelas costas. Sem ofensas, Fernando, mas é que assim é a natureza humana. Não existe nada que *eu* possa fazer sobre isso. Sou um mero observador das coisas da vida. Não tenho a intenção de salvar o mundo, até porque nem teria como a essa altura do campeonato, mas acho que ser um participante ativo, que processa informações e não só as recebe de maneira passiva, pode fazer com que a experiência seja um pouco mais tolerável. Ou eu estou completamente errado, porque sigo esse método há anos e sou completamente infeliz. Acho que isso também vale para você, né, Bill? Você não vê o mundo assim também? Olha a vida do Fernando. Talvez ele é que seja o certo. Por que a sociedade insiste em julgar os que não se encaixam? O Fernando não faz mal para ninguém, só é muito chato. A gente, que o pessoal vê de fora e chama de inteligente, tá aí todo dia chorando pelos cantos. Ele vive no mundo da lua, mas feliz. Pelo menos tá sempre sorrindo essa banguela, sem o menor pudor. Apesar de que sorrir não é necessariamente sinal nenhum de felicidade, né, Bill? Claro que a questão é muito mais complexa, mas tem muita coisa que fica implícita no discurso. O bom de conhecer uma pessoa há tanto tempo é que dá para deixar essas brechas, porque você sabe que ela vai completá-las automaticamente. O que você acha, Fernando? Vamos lá dentro conversar com o Beto? Tá ficando frio aqui fora, ou é impressão minha? Quem quer um conhaquinho?"

Bill começou a chorar um choro magoado, para dentro.

"O quê que eu fiz, Bill? Achei que a gente ia passar a madrugada discutindo, trocando ideias. Por que você não me disse que estava mal assim? Eu nem iria te encher o saco com as minhas coisas. Me diz como você tá se sentindo, Bill, por favor. O que você tem? Eu sou todo ouvidos. Só deixa eu te falar. Nunca achei que o Iggy Pop seria tão filho da puta assim..."

"... Pingo. Para de falar, *por favor*", suspirou, inspecionando minha alma com olhos marejados.

Décimo quinto ato – Pílula vermelha

"Acorda, docinho", o bico do corvo roçou minha nuca. Despertei sobressaltado, estava em uma das mesas no segundo andar. Já não tinha mais ninguém por perto, fora o parasita me trazendo a má notícia. A claridade fodendo os olhos ressecados. "É hora de pagar a conta", e me carregou escada abaixo em seus braços musculosos. Nem sinal do Bill, muito menos do Iggy. Eu estava por minha conta e risco novamente. Uma nostalgia me assaltou: poucos dias antes, as madrugadas eram confortáveis no estúdio da Melissa, com nada além de uma ressaca – facilmente tratável – para se lidar no dia seguinte. As coisas sempre podem piorar. E pioram.

"Pingo. Você falou que ia pagar a conta de todo mundo", Beto me avisa com a voz firme, sem mais o sorriso irônico. Não estava brincando desta vez. O Polaco, notório assassino, aguardava minha reação ao lado do dono da espelunca. Passou pela minha mente questioná-lo, mas entendi rapidamente que era bem o tipo de coisa idiota que eu faria em estado alterado. E, pela ausência de memórias aproveitáveis, tinha sido mais uma festa daquelas – imemoráveis, supostamente lendárias. Queria poder compartilhar esse branco com alguém: grande parte da diversão do dia seguinte, após um período de sublime descontrole, é falar com uma pessoa que esteve junto com você sobre como houve descontrole. E comemorar esse fato, como se a busca pela degradação fosse um ato merituoso, o qual eu costumava conquistar com facilidade. A lógica dos suicidas é coisa a ser estudada com seriedade.

"Passa no *débito*, gordão", entreguei o pedaço de plástico amarelo para o Beto. A máquina apitou, não saiu nenhum recibo. Meu dinheiro já tinha acabado? Não deu para aproveitar nada. Teria sido de muita ajuda conferir o saldo antes de chutar o pau da barraca justamente no Amor à Cana, cercado por essa cambada de pilantra. Eu não sabia por que o pessoal insistia em ser ruim comigo, mesmo. Mas minha resposta também era à altura, não é como se eu me sentisse acuado em situações desfavoráveis. Vibrava em meio ao caos, isso sim, e sempre me safava.

"Temos um problema. Você vai fazer o seguinte, gordíssimo", disse apontando o indicador esquerdo para a cara dele, feito uma arminha imaginária, meio na diagonal. "Me desce uma dose de conhaque e um maço de Eight, porque eu preciso amaciar a garganta, e me deixa fazer uma ligação." Senti minha cabeça indo de encontro ao balcão, o rosto ficou quentinho e grasnados escandalosos tomaram conta do bar. Que jeito mais filha da puta de começar o dia. "Eu tenho direito a uma ligação. Eu tenho direito a uma ligação", tentando me defender de uma chave de braço muito bem dada pelo corvo pau no cu. Pingava sangue da minha testa, acho que o supercílio esquerdo abriu, e comecei a ficar enjoado com a dor e a gritaria, até que o estômago sucumbiu e lavei o chão com um vômito fedido.

"Puta que pariu! Mas é uma merda mesmo", o Betão nem acreditou no que estava vendo. O pessoal da limpeza tinha acabado de ajeitar todo o bar: tinham tirado centenas de bitucas de cigarro, papelotes de cocaína, garrafas jogadas em tudo quanto é canto, notas enroladas e esquecidas. E agora mais essa. Foi tão decepcionante para ele que desistiu de bancar o gangster. Passou-me o telefone e pediu para que eu resolvesse aquilo de uma vez, pelo amor de Deus, porque já eram onze da manhã e uma hora a gente tem que dormir, porra, eu trabalho nesta merda de domingo a domingo aguentando jovem babaca igual a você. Dá um tempo, Pingo – mais magoado do que bravo.

Liguei para Simba, sem muita esperança. Ele me respondeu atravessado, não estava contente com toda a história da arma não devolvida e o fato de eu não ter mais dado notícias, mas acabou indo ao bar pagar minha conta. Alertou-me que seria o último favor, porque não dava para ficar se envolvendo em cagada daquele jeito. E não, não queria saber da desculpa esfarrapada sobre seja lá o que tivesse acontecido por aqueles dias. Eu sabia muito bem que o negócio dele já era uma sujeira só, se tivesse que ficar bancando a babá de marmanjo ele teria só problemas. Fiquei magoado com as palavras, é claro, mas não estava em posição de questioná-lo. Só agradeci. Desculpei-me com todo mundo, como sempre, e saí à luz da manhã – sujo de vômito, sangue. E tonto. As coisas pareciam mais um simulacro da realidade do que qualquer outra coisa, se expandindo e retraindo lentamente. Cabeça latejando, sangue fresco no rosto e o coração pesado, bem do jeitinho que eu gostava.

    Passou-me pela mente como seria angelical ter um carro naquele momento. Acho que não conseguiria pegar ônibus naquelas condições, até porque nem sabia aonde ir. Sem dinheiro mais uma vez, as possibilidades de diversão se reduziam drasticamente. Não tinha a menor vontade de voltar para casa e, se fizesse isso, teria de admitir uma porção de coisas e viver novamente em privação, fingindo ser o que não sou para o agrado de Deus e do mundo, menos para o meu próprio. Para dar um ar ainda mais reflexivo à situação, busquei um cigarro – e encontrei um milagre. Se eu bebesse daquela água sagrada, compreendi, algo incontornável aconteceria. Uma presença ancestral – de aparência simiesca – se prostrou em meus ombros, em meus ouvidos sussurrou comandos, e fui que fui.

Décimo sexto ato – Mãos de Pedra

O exímio escritor curitibano Pingo, um tipo cheio de chistes e incomparável verve, é encontrado esmigalhado em meio aos destroços de um acidente automobilístico fatal. Junto ao corpo irreconhecível, carbonizado após a explosão do veículo esportivo, foram achadas folhas – inexplicavelmente intactas – do que parece ser uma obra inédita, possivelmente o terceiro romance deste que foi o vencedor do prêmio literário mais importante do ano e não compareceu à cerimônia de entrega. Ele estava sumido havia cerca de uma semana, sem ter dado notícias para ninguém. Procurada pela reportagem da *Folha de S. Paulo*, a mãe do autor diz estar aliviada: "Graças a Deus, acabou." O pai, ausente, não quis pronunciar-se, vivendo uma nova vida na qual seu filho do meio não tinha espaço. Já a ex-companheira de Pingo, uma atriz amadora em ascensão, escolheu o comedimento verbal, sem deixar de lado o açoite: "Ranço."

Apesar dos ataques que o maior escritor brasileiro contemporâneo sofreu de seus pares nas redes sociais, sobretudo por ter esnobado entrevistas e convites para *lives* após sua vitória incontestável no certame literário mais badalado do momento, grandes nomes da prosa internacional se posicionaram sobre a tragédia. Poucas horas depois do acidente, a redação recebeu uma ligação de Michel Houellebecq, o mais cultuado escritor francês da atualidade, autor de clássicos contemporâneos como *A possibilidade de uma ilha* (2005) e *Plataforma* (2001). No telefonema, entre pausas emocionadas e suspiros sentidos, Houellebecq afirmou – com um português sofrível – tratar-se de uma perda irreparável para o mundo das letras: "Pingo, um artista precoce e inigualável, padeceu do mal dos gênios indomáveis: esqueceu-se de que poeta morto não escreve. O momento é de luto e espero que a literatura brasileira se reerga depois desse nocaute."

Na mesma linha fatalista, e com não menos intensidade, Reinaldo Moraes – autor de *Pornopopéia* (2008) e outros romances incontornáveis da escrita subversiva – afirmou, em um extenso e-mail enviado na tarde do ocorrido, que a continuação da trilogia *Maior que o mundo*, iniciada em 2018 com uma narrativa homônima, será inteiramente dedicada ao Pingo. E que, em última instância, a perda parece pôr um prego no caixão da literatura brasileira. "Eu já estou velho. O Mirisola está velho. André Sant'Anna não lança há muito tempo. Sérgio morreu. Do Trevisan, não gosto. Nosso futuro dependia do Pingo. Minha esposa que me perdoe, e tenho certeza que ela vai entender, mas hoje terei de afogar as mágoas como antigamente, com violência, em nome desse estupendo prosador", afirmou Moraes, cujas vivências intensas com álcool e cocaína ao longo de toda a vida foram relatadas, pela primeira vez, em *Tanto faz* (1981).

Arrependimentos amargos também cercam o fim do escritor. Para Luiz Schwarcz, fundador da Companhia das Letras, o catálogo de sua editora só estaria completo com uma das obras de Pingo: "Acho que agora é tarde, infelizmente. Prestarei mais atenção em autores emergentes daqui para frente, com toda a certeza." No passado, porém, quando o dono da casa editorial mais importante do país – e uma das maiores do mundo – nem sequer respondeu ao e-mail que Pingo lhe enviou, ainda inexperiente e entusiasmado com a vida, o prosador curitibano produziu dezenas de artigos sobre o que chamava de "máfia literária tupiniquim". A partir desses textos, raivosos mas informativos, a comunidade criativa também passou a optar por métodos alternativos de produção e divulgação. Aconteceu uma explosão de autopublicações e a autoestima dos meninos que não tinham a chancela dos grandes empresários pareceu renovada. Se a prosa inventiva e filosófica de Pingo não basta para cravá-lo como um autor incontornável, sua contribuição para com o *éthos* de toda uma nação com certeza não pode ser esquecida.

É necessário notar que, como todo garoto que se dedica às artes de maneira visceral e pretensamente subversiva, Pingo dobrou-se ao *establishment* – participou de prêmios, buscou a atenção da grande mídia. E acabou obtendo sucesso – tanto quanto é possível no meio literário, que dificilmente está ligado à fortuna ou a badalações hollywoodianas. Segundo fontes próximas ao morto, ele nutria uma vontade de potência ainda maior que a do Guru Original, seu companheiro na extinta revista literária *Retrógrados*. Há quem diga que isso não é um problema, muito pelo contrário.

Diretamente de El Chorrillo, no Panamá, o ex-boxeador Roberto Durán prestou suas condolências em rede nacional. Para o assim chamado "Manos de Piedra", campeão mundial dos pesos leves em 1972 e responsável por bater Sugar Ray Leonard no início dos anos 1980, a morte precoce do autor curitibano afeta o mundo de diferentes formas: "Pingo não era apenas um escritor: seu fôlego e dedicação alçavam-no à condição de guerreiro. Pingo era um pugilista. Um irmão. Sempre buscando novas angulações, atacava por onde menos se esperava. A perda desse ícone não afeta apenas a literatura latino-americana, mas todos aqueles que buscam se expressar de alguma forma – seja com o corpo ou a mente. Descanse em paz, campeão."

Décimo sétimo ato – Graça infinita

A caminho do Porsche Panamera estacionado do outro lado da rua, imaginei meu próprio obituário – buscando ser verdadeiro, em um exercício que me permitiu revisar minha própria trajetória com honestidade. Pensei nas pessoas que com certeza sentiriam minha falta e no que elas teriam a dizer. E também, para não cair na injustiça ou no egoísmo, considerei aquelas que não dariam a mínima ou, pior ainda, ficariam contentes com meu triste fim. Apertei a chave em meu bolso e esbocei um leve sorriso após revisar minhas possibilidades existenciais, ainda sentindo o peso da entidade simiesca em meu ombro. O pessoal sentiria minha falta, com certeza.

Foi difícil descobrir até como abrir a porta daquele carro rosa, escandaloso, muito menos discreto do que meu finado Opala. Seja lá quem tenha sido o responsável por aquela surpresa, bom gosto não tinha – mesmo a ética sugerindo que cavalo dado não se olha os dentes. No banco do passageiro, encantado com o cheiro de carro novo e aquele painel que parecia o de uma nave espacial, encontrei um bloco de notas, uma caneta Bic, meu exemplar de *Hamlet* e um bilhete (escrito com tinta rosa):

Há mais coisas entre o céu a terra do que sonha nossa filosofia.
Pela primeira vez na vida, peço que faça a coisa certa.
Se não por você, por mim.

Com amor, de seu querido amigo,
Billy.

P.S.: Estar em casa tem muito mais a ver com um estado de espírito do que com uma localização geográfica. A paz interior é utópica, assim como o é a infelicidade absoluta. Mesmo buscando a segunda opção com seriedade, jamais a encontramos. Preciso alçar novos voos, e preciso que você faça o mesmo. Estaremos para sempre conectados, mesmo que fisicamente distantes, por meio da graça infinita.

Entendi exatamente o que Bill quis dizer, com lágrimas nos olhos, e soube também o que precisava fazer. Implicitamente, o bilhete significava que nada mais era divertido como costumava ser. Não conseguimos nos conectar na madrugada infernal, eu e Bill, mas o sacana matou a charada e agora tentava me direcionar. Mexi naquela papelada e percebi que também tinha um celular novinho ali. Desbloqueei o aparelho com minha digital: estava logado no aplicativo do Banco do Brasil e mostrava meu saldo. Zero. No extrato, que cobria o período de uma semana (ou de muitos meses), se é que vi direito, aparecia o nome de uma imobiliária, com uma diária caríssima sangrando minhas economias, vários nomes de lojas de roupas femininas de preço abusivo e impérios de maquiagens representados por youtubers lindas e esbeltas de moda, algumas compras de quase mil reais na Nike e dezenas de pequenos gastos em distribuidoras e postos de gasolina; sem contar as transferências astronômicas, desde a primeira que fiz ao Tetinha para pagar meu combo inicial de drogas e o Opala até uma última, responsável pelo prego no caixão, feita naquela mesma manhã – quando aconteceu, e para pagar o que exatamente não saberia dizer. Abri o porta-luvas do Porsche e peguei meu rímel Mary Kay para ficar parecido com o Lou Reed de *Transformer*. Dei partida no carro e, com The Smiths no som, fui em direção ao apartamento de Maria. Há uma luz que jamais se apaga.

    Entrei na ruela a milhão, quase atropelei o cachorrinho que passeava por ali com sua dona velha e gorda, maltratada mesmo – uma antiga algoz, síndica do prédio, responsável por tanto encher nosso saco em noites infinitas. Freei bruscamente e baixei a janela do passageiro para insultá-la verbalmente, já meio bêbado. Não precisava mais manter as aparências: eis a grande graça de se perder tudo. Vi que ela pegou o celular, acho que para ligar para a polícia, e desci para impedi-la. Joguei longe o aparelho e mandei ela calar aquela boca de cadela prenha dela. Eu estava ali em missão de paz e ai de quem tentasse me sabotar. Dei uma bicuda no Poodle absolutamente patético, chamado Johnny, pelo qual sempre nutri a mais sincera repulsa. Um nojo mesmo, coisa primal. Furiosa. Sentindo-me um anjo, saquei do Marlboro – que estava no porta-luvas do Porsche – e fui tocar o interfone, não sem antes dar mais uma bicadinha na garrafa de Jack Daniel's – encontrado no mesmo local, e do qual eu vinha degustando no caminho. Alguém tinha preparado meu retorno com esmero e profunda consideração.

Escutei um balbucio chorado e me virei com o isqueiro a meio caminho da boca: "Como é que é?"

"Se você veio falar com a Maria, ela se mudou."

Por essa eu não esperava. Talvez signifique que ela não aguentou continuar naquele apartamento com tantas lembranças. Talvez ela tenha ficado tão mal quanto eu fiquei, afinal, e a notícia acabou sendo boa para meu ego. Não era difícil notar que eu não estava preocupado exatamente com ela, ou com o que poderíamos ter construído juntos caso tudo tivesse sido diferente, mas só com uma vaga – e pervertida – noção deturpada de um bem-estar próprio. Um bem-estar que, desde que me entendo por gente, sempre esteve ligado à aniquilação. Será que até aquele momento da vida eu já me tinha preocupado sinceramente com qualquer coisa além do meu próprio nariz? E com toda a cocaína que entrava nele com regularidade. Para ser sincero, não sei por que insistia naquele encontro: meu pau nem subia mais, e isso fazia tempo. Percebi cedo a falência de minhas funções genitais, provavelmente desencadeada por uma depressão paralisante combinada com o uso contumaz de entorpecentes – lícitos ou não.

"Qual é o novo endereço?", já com o cigarro aceso, aproximando-me a passos curtos.

"Por favor. Você sabe que não posso fazer isso, Pingo. Tende piedade."

Nem eu era capaz de continuar a encenação frente a uma súplica tão sincera. Há de se ter modos, mesmo com gente que não merece. Aproximei-me daquele corpo tremelicante e acariciei seus cabelos, loira falsa, sussurrando que ia ficar tudo bem. "Fuma um cigarrinho", ofereci a ela, que virou o rosto. "Fuma um cigarro, sua gorda filha da puta", puxei o cabelo com força, tentando virar o rosto dela na minha direção e fiquei quebrando os palitinhos de câncer nos lábios cerrados, lambuzados com algum batom barato e de péssimo gosto. Cansei-me e concluí que nossa dívida estava paga – todas aquelas ligações que ela nos fez de madrugada, interrompendo nossos momentos de diversão e relaxamento, estariam apagadas de minha memória. Se ela quisesse, até poderíamos começar do zero.

"Bom dia, Pingo."

"Bom dia, dona síndica. Como é que você está se sentindo nesta bela manhã de sol?"

"Ótima. E você, meu querido inquilino?"

"Eu me sinto magnífico. Realmente muito bem. E esse campeão aqui, qual é o nome dele?"

"Johnny. Peguei do filme do Kubrick, diretor que idolatro."

"Poxa. Que ideia incrível. É, de fato, um trabalho tão magnânimo quanto o é este cãozinho aqui. Tenha uma excelente semana e uma vida extraordinária, que tudo de bom que você sempre sonhou e um dia ainda há de sonhar se realize, sempre da melhor forma possível e sem o menor sofrimento."

"Quanta educação! Se todos os moradores fossem bons assim... Desejo a você o mesmo e muito mais, pelo menos o dobro. Tchau, querido."

"Um afetuoso abraço, doce senhora."

Ela compreendeu, tenho certeza, que há de se ter modos. Dali para frente, eu tinha esperanças, nenhum outro inquilino teria problemas como os que tivemos. Com a consciência cristalina, liguei o Porsche, passei um batom escuro e joguei todas minhas maquiagens Mary Kay na síndica, que estava sentada chorando, encostada no muro chapiscado, com o cachorrinho (machucado pela minha bicuda) nos braços. "Pra ver se melhora essa sua cara de bosta", sugeri. Saí cantando pneu – conscientemente, e não mais na sorte como da primeira vez com meu Opalão, em um tempo que já nem parecia mais me pertencer.

Décimo oitavo ato – As mesmas regras se aplicam

Fui cortando alucinadamente por várias ruelas. Percebi que eu tinha feito uma puta cagada. Não tinha como escapar dessa vez, dirigindo aquele carro tão chamativo. E, com toda aquela gritaria, o pessoal do prédio só podia ter percebido alguma coisa e ligado para a polícia. Bebedeira do caralho. Só um teco para me acalmar – e foi exatamente o que fiz, com o Porsche desligado sob uma árvore, em um bairro de abastados.

Cheirei e joguei todo o resto da droga fora, junto com meu cartão do banco partido ao meio. E minha carteira inteira de uma vez, com todos os documentos e umas notas de baixo valor corroídas pelo pó ruim. Fiquei com o maço de cigarro, a garrafa de meio litro de Jack Daniel's e uma foto Polaroid na qual se via eu e Maria abraçados, ambos com uma carinha muito boa, no dia que contemplamos os quadros originais do Van Gogh em São Paulo. Dei-me conta de que ela não se tinha mudado porra nenhuma. Provavelmente tinha feito uma combinação com a síndica: despistar o Pingo, caso ela apareça. Tudo fez sentido, ainda mais levando em conta a última conversa que tivemos. Maria deixou bem claro que tinha ranço de mim. Foi esta a palavra que usou: ranço. Tudo bem. Eu tinha ranço é da vida. Queria mais é que tudo se explodisse e eu me fodesse, tomasse no meu cu e fosse pra puta que pariu. Que morresse de uma vez, pelo amor de Deus. Mesmo me odiando, e com total razão, ela nunca vai deixar de ser meu primeiro amor. Não é possível escapar das idealizações.

    Serei eternamente grato ao anjo que preparou aquele manjar de drogas para mim, com certeza desejando tudo que há de melhor, mas a brincadeira ia chegando ao fim. Estava na hora de desapegar. Fiquei olhando para o teto do carro por um tempo, esperando que toda a droga descesse bem pelas vias nasais e o efeito batesse com violência. Para meus propósitos a curto prazo, todo o ódio seria bem-vindo. Não demorou para que aquele gostão amargo pegasse na garganta e, quase de imediato, uma chavinha virasse na cabeça. Tomei três talagadas de uísque e tasquei *Without me*, do Eminem, no som. Será que uma visita ao estúdio faria bem? Não sei se Melissa queria mais minha companhia. Se eu ainda estava pensando em ver Melissa, na verdade, significava que não tinha entendido é nada. Pica nenhuma. Fui visitá-la, de qualquer forma, já que as mesmas regras se aplicam.

O porteiro, um rapaz dado às drogas e gente finíssima, não me deixou subir. Explicou-me que o dono do imóvel tinha recebido muitas denúncias de barulho e, conforme expresso bem claramente no contrato, aquilo era intolerável. O acordo foi rompido e o dinheiro adiantado continuaria retido: isso também estava previsto na papelada assinada por ambas as partes no dia tal, uma semana ou uns meses atrás — não saberia dizer.

"É isso aí, Mel-Mel. Estou do seu lado, mas não posso fazer nada. São as coisas da vida e assim por diante, né?", o porteiro me confortou com uma máxima do Kurt Vonnegut, o que me fez lembrar dos livros. Ele me apontou algumas caixas lacradas. "Guardei tudo ali, certinho. Só peguei este aqui. Achei a capa legal. Posso ficar? Estou treinando meu inglês", perguntou mostrando um livro no qual se via um porco de expressão sisuda usando chapeuzinho caricato de policial norte-americano; na capa, lia-se: *Filth*. Disse a ele que sim, claro, e pedi-lhe que me ajudasse a carregar o porta-malas do Panamera.

"Os negócios vão bem", comentei ao vê-lo estupefato diante do Porsche. Fiz um discurso solene sobre o fato de que quando nos dedicamos às artes com amor e seriedade tudo se ajeita. A batalha é dura, mas é possível vencer. Basta querer – com todas as forças – e dedicar-se dia e noite ao sonho, incansável, jogando contra todas as possibilidades plausíveis. É preciso estar ciente de que o mundo quer seu fim – e não um qualquer, mas com bastante humilhação. Quando se enxerga por cima do muro, depois de quase se afogar na realidade dos esquecidos, o resultado é um bilhete premiado, com retorno altíssimo, já que só atinge o excepcional quem nada contra a maré. "Mesmo vivendo em um país que desqualifica seus autores. Mais que isso: um país que quer o pescoço de suas mentes virtuosas", concluí.

    O menino me abraçou e perguntou se eu queria meter fogo na Babylon uma última vez. Respondi que óbvio, e lá fomos ao remoto quartinho de limpeza. Ele me explicou que a graça de se trabalhar em um prédio chique daqueles é que, além de ele ganhar presentes caríssimos, o pessoal parecia o tratar muito bem devido à sua cor – negro. Um tratamento longe de ser natural, claramente forçado por algum tipo de culpa. Os diálogos com os inquilinos eram sempre mecânicos e patéticos, no que ele precisava se segurar muito para não rir daquele racismo escancarado, travestido de bons modos, praticado por todos seres humanos rosados cujos trabalhos consistiam majoritariamente em foder a vida dos menos abastados – banqueiros, diretores gordos de multinacionais, especialistas em redes sociais de enormes empresas de marketing e propaganda.

"Entendo. Mas você é um menino bom e está no caminho certo. Vai conseguir sair dessa bosta", profetizei afogando-me com uma tragada profunda do bec bom, verdinho claro.

"Sempre quis que um traficante boca-quente viesse para cá, sabe?", confessou. "Ou uma artista. Uma artista das boas. Você veio, Melissa", disse olhando-me com lascívia. Coisa estranha no ar. Decidi não dormir na curva e saí correndo do quartinho, possivelmente partindo-lhe o coração. Qual é a do negão, afinal? Tomar no cu. Passei a mil pelo corredor e peguei o livro do Irvine Welsh da mesa. Não fazia mais sentido deixar o presente ali – ele provavelmente o jogaria fora mesmo. Um coração partido torna a mente instável. Uma vez mais, quem sabe a última, dei partida no carro e fui navegar águas profundas.

Décimo nono ato – Meninos não choram

    Não se pode esperar muito do futuro quando se vive o presente com intensidade. Acabou a graça. Parece que sempre estive em busca da minha Diadorim de olhos verdes, marcantes, descansando sob o frescor da sombra em um recôndito sofrido mas cheio de promessas. Nunca aconteceu. No barco furado, pelo contrário, subi diversas vezes – e naveguei em meio ao redemoinho, na companhia do medo, ouvindo piadas de mau gosto. Piadas sobre o patético da minha própria existência. Ou nada disso é verdade. Se eu estivesse realmente preocupado em construir algo semelhante a um lar estável e confortável, cantinho para chamar de meu, não teria feito metade do que fiz nesta vida. Descartei todas as possibilidades de ser bom e fazer coisas boas, optando sempre pela degeneração. Questionando sempre o que chamam bom ou ruim, em exercícios dialéticos improdutivos. Na análise, fala-se de repetição comportamental e demônios herdados – não exatamente com essas palavras. Por algum tempo, bem pouquinho, tentei lutar contra essas assombrações. Desisti. Percebi que meu caminho rumo à aniquilação não estava completo ainda, e não sou do tipo que gosta de fazer as coisas pela metade. Além do mais, quem são esses seres humanos pagos para ouvir lamentos de semelhantes e que agem como conselheiros intocáveis? Pior ainda, são realmente seguidos e cultuados como semideuses. A graça acabou mesmo? Se isso não é hilário, preciso rever meu conceito de humor. Não estou dizendo que álcool e cocaína são sinônimos de liberdade, justamente o oposto: aprisionam sua alma e roubam toda e qualquer energia vital. Tenho certeza que o existencialismo surgiu em um dia de ressaca. Em ínfimos lampejos, porém, oferecem grande diversão e tapam o buraco que todo garoto perdido traz no peito. Como o futuro nunca foi minha prioridade, escolhi abraços fugazes.

    A buzina me tirou dos pensamentos inúteis: tinha cochilado no semáforo. O Panamera automático nem sequer oferecia o prazer de eu me sentir no controle absoluto da máquina, trocar marchas sentindo as vibrações, com vários cavalos à disposição e uma aerodinâmica esportiva bem arquitetada, sempre pronto para voar baixo. Se eu arranjava argumentos para me desentender até mesmo com um Porsche, o que restaria para meus iguais? Sentia-me cansado, de verdade, de uma forma inédita: apesar da falta de vitalidade, algo me dizia para colocar a casa em ordem. As questões existenciais, acumuladas durante toda uma trajetória desagradável, pediam resoluções urgentes. Como tudo feito às pressas, só podia dar merda. Pensei em quantas vezes Kobe Bryant esteve com a bola laranja nas mãos e a chance de acertar o chute que venceria o jogo para os Lakers – sejam em partidas regulares, nas guerras dos *playoffs* ou em finais. E aquela virada histórica do Tom Brady, quando ele tirou 25 pontos de diferença no SuperBowl e levou o quinto anel da carreira, firmando-se como o maior de todos os tempos, depois de ter começado sua jornada na reserva do time? Os esportes sempre me fascinaram, toda essa coisa da disputa e a possibilidade de atingir algum tipo palpável de glória, para muito além de masturbações mentais e fabulações. Mas sempre estive mais propenso à postura rockstar – mesmo assim, nunca tive banda e meu sucesso artístico é mais fantasioso do que qualquer outra coisa. Aquela velha história das armaduras que forjamos para combater inimigos invisíveis.

    O toque do celular me tirou dos pensamentos inúteis. Não reconheci o número, mas precisava escutar a voz de alguém. Um sussurro doce informou que o tempo de devolução do carro já tinha estourado, e que uma multa – exorbitante – seria cobrada por cada hora a mais. Mandei a menina tomar no cu, mesmo sabendo que ela só estava fazendo seu trabalho – com gentileza e atenção. Naquela manhã mesmo, é bem provável, ela acordou triste com o som estridente do despertador, sonhando com uma vida que não se resumisse a ligações sobre automóveis não devolvidos na hora marcada – coisa que ela odiava, tanto o trabalho robótico quanto esportivos de luxo e os clientes necessariamente pilantras e gordos, engravatados. O almoço todos os dias no mesmo restaurante acessível, insosso, o que o cartão de refeição permitia. Sempre na companhia dos colegas de firma, mesmo não tolerando nenhum deles – um pessoal estranhamente entusiasmado, acostumado a reverenciar o inimigo e baixar a cabeça para latidos estridentes de cães de pequeno porte. Ela tinha vontade de levantar, exatamente no meio de uma garfada, jogar os talheres e prato no chão e avisar a todos presentes no recinto que eles estão presos há anos em uma armadilha sádica, arquitetada por uma mente perversa. Jamais aconteceu. O sentimento de revolta fervilha à toa, agarrado ao medo de mudanças e a um cenário geral pouco convidativo. É possível mudar, mas mudar para quê? O cartão-ponto registrou quase dez horas extras neste mês. Parabéns pela dedicação.

Uma lembrança me tirou dos pensamentos inúteis. "Minha vida inteira eu fui uma fraude. Não estou exagerando", é a abertura do conto *O bom e velho neon*, de David Foster Wallace, traduzido informalmente por uma alma caridosa e disponível no blog *Cadela Eslava*. "Praticamente tudo que eu fiz o tempo todo foi tentar criar uma certa impressão de mim nas outras pessoas. Sobretudo para ser apreciado ou admirado. É um pouco mais complicado que isso, talvez", continua a voz do homem enforcado, no estilo verborrágico e autoconsciente que lhe consagrou como um dos maiores. "Mas quando você vai direto ao ponto é ser apreciado, amado. Admirado, aprovado, aplaudido, tanto faz. Você pegou a ideia", pode apostar que sim. Satanás e Jesus Cristo são as vozes que estiveram em minha mente desde que me entendo por gente, o que aconteceu um pouco cedo demais – no mesmo período em que me tornei ateu convicto, quase militante no princípio, com cerca de 12 anos. Recorro à mitologia para explicar minha postura errática. Se eu gostava tanto de deixar sua pia limpinha, dobrar suas calcinhas e do cheirinho do seu cangote em noites frias, seu corpo quentinho e pequenino aninhado ao meu, como é que fui capaz de gritar tanto contigo, Maria? De passar noites em claro, sem dar notícias, e voltar para casa – fedendo – com a mente cheia de ideias perturbadoras? Há quem opte pela explicação que fala em mimetização, herança comportamental. A explicação dos ímpios que consideram a análise uma ciência. Escolho o mais óbvio: um encosto – de aparência simiesca – achou morada em meu peito, e nele fez ninho. Eu diria novamente que sinto muito, Maria, se achasse que isso mudaria sua ideia de partir. Se soubesse que estaria agindo realmente com o coração, e não a partir da civilidade impostora – a que pede que, por educação, nos retratemos com almas que maltratamos. Se soubesse que faria tudo diferente, e não exatamente tudo igual, diria que sinto muito. Entre ir pela esquerda ou pela direita, cavei um buraco no meio, usando uma colher de chá, e tentei rir disso, escondendo as lágrimas em meus olhos. Porque meninos não choram.

O fim da música do The Cure me tirou dos pensamentos inúteis. Encostei o carro em uma vaga chancelada pela lei e coloquei-a para tocar de novo – em volume moderado, já sem animação para barulheira. É correto culpar meu pai pelo resto da vida pelas minhas más escolhas, pela minha postura agressiva? Isso não me rende nada além de literatura e tristeza, que são a mesma coisa. Nada além do riso solitário do palhaço sem plateia, aposentado precocemente por falta de habilidade. Tento dar cambalhotas hilariantes e acabo esmurrando paredes até que meus punhos fiquem em carne viva. Só assim suspiramos aliviados – eu e o Diabo, que para de zombar de mim por um tempinho quando alimento-o com sangue. Eu realmente diria que te amei, Maria, se achasse que isso impediria você de ir embora. As pessoas se afastam de mim e, dentro do personagem perpétuo, vejo-me incapaz de tentar recuperá-las. Meu roteiro é guiado por um diretor rígido, fã de ultraviolência e aniquilação. Se eu pudesse driblar os olhares atentos do tirano, faria quase qualquer coisa para ter você de volta ao meu lado. Mas só continuo rindo, e dançando conforme a música do hospício, enquanto escondo as lágrimas em meus olhos. Porque meninos não choram.

Uma ideia divertida me tirou dos pensamentos inúteis. Pensei na resiliência de Carl Sagan e em como ele foi capaz de sustentar – com otimismo – opiniões tão dolorosamente racionais sobre a vida do ser humano na Terra: saber--se pequeno e descartável, mas, *justamente por saber-se pequeno e descartável*, tentar fazer de toda essa absurda experiência de existir a melhor possível. É uma abordagem produtiva e conversa com a possibilidade de se usar a ideação suicida como uma forma de continuar vivo: imaginar-se morto, preferencialmente de uma maneira violenta, cheia de sangue, faz com que o correr do relógio se torne um pouco mais tolerável – será sempre a saída possível para os meninos loucos e confusos. Não deixo de pensar que houve muito cinismo quando a NASA lançou a Voyager para reproduzir no infinito inabitado todos aqueles sons do planeta e também os dos humanos; e, principalmente, para fazer um registro que entraria para a História. Para que o homem não sentisse com escândalo o fato de ter sido tirado do pedestal, oficialmente deposto da posição de centro do universo, Sagan contornou a situação com classe – argumentou que o pálido ponto azul que se vê na foto tirada pelo satélite não representa nada para o Universo, é verdade, mas, para nós, é simplesmente tudo – nossa estranha e ínfima morada. Nossos amores, desafetos, alegrias e dores estão todos contidos nesse minúsculo bloco sólido que flutua na escuridão, cercado por corpos hostis e impossibilidades. Dentro da atmosfera acolhedora, porém, levando em conta uma série de absurdos que culminou na existência da vida pluricelular e pensante, temos todas nossas confortáveis ilusões. E assim vencemos, com alguma sorte, um dia por vez – ensolarado ou chuvoso, normalmente nublado por dentro. A percepção profunda do mundo traz consigo um cheiro podre há muito tempo – pelo menos desde que os ídolos começaram a cair, um a um, sem misericórdia; mesmo assim, reféns de um impulso cujo sentido me escapa, permanecemos vivos.

 O esboço de uma ação me tirou dos pensamentos inúteis. Peguei a caneta Bic e pensei em escrever uma carta, já que a comunicação cara a cara não era mais uma opção havia muito tempo. Minhas mãos tremiam muito e os dedos estavam todos amarelados de cigarro, uma nojeira. Com o olfato prejudicado, não saberia explicar a experiência de se estar ao meu lado naquele momento – como ninguém se tinha proposto àquilo, a seguir o bravo Pingo pelos recônditos da mente humana, tranquilizei-me e pude focar em meus assuntos pessoais. Quando se está totalmente sozinho, parece, a vida só se realiza por meio da lembrança do outro. Acho que Krakauer já chegou a essa conclusão, pelo menos no filme, então não fiquemos muito eufóricos com a suposta profundidade do raciocínio. Nunca quis ser visto como um pensador. Queria mais é ser identificado em meio aos degenerados e loucos, aquele pessoal que caminha na beira do abismo e está sempre prestes a pular. O que não é de todo verdade – o que eu queria de verdade era uma mistura inatingível dessas duas coisas, viver como um louco e também ter acesso aos espaços reservados para os doutores e mestres, só que como um visitante pouco presente mas bem-vindo, e um do tipo que não precisaria esforçar-se para estar ali e se destacar. O que eu queria era ter uma mente incrível, exatamente igual à do Matt Damon interpretando Will Hunting em *Gênio indomável*, para que pudesse levar uma existência tendendo à aniquilação, mas, quando necessário, ter a capacidade de me libertar das garras do vício e pôr o pau na mesa sem nenhuma dificuldade, pois minha mente funcionaria de uma forma que os outros jamais entenderiam. Eu seria, assim, uma figura misteriosa e cativante. Os mais velhos olhariam para mim e diriam: é um menino tão bom, tão inteligente, mas fica desperdiçando todo esse potencial com bebedeiras e drogas. Eu menearia a cabeça sem muito entusiasmo, meio que concordando apesar de estar sustentando um sorriso zombeteiro, com a certeza de que os diamantes e rubis estariam escondidos —esperando-me, pacientes, sujeitos aos meus caprichos. Eu é que não sairia por aí exibindo o ouro para o bandido, todos vocês porcos medíocres que se arrastam pela vida sem nenhum propósito e fingem encontrar paz no Deus cristão, com o perdão de como esse raciocínio pode soar juvenil – também não é como se existisse uma dívida a ser paga com o bom senso ou algum padrão elevado de retórica que respeite a todos. O importante é a adequação do discurso ao meu ódio. Não sei quantas vezes mais precisarei repetir que quero é que tudo se foda para que fique claro de verdade, e não seja entendido como mera bravata. De juvenil só tenho o tamanho da pica, e essa condição física é herdada: se quisesse, se não tivesse racionalmente escolhido o caminho da destruição gradual de minha existência, eu estaria é com a vida feita – no sentido que vocês adoram, aquele da casinha de dois quartos, um banheiro, cozinha, quintal pequeno e um Pálio usado na garagem, talvez convivendo com uma mulher que me tolerasse, assim como eu a toleraria, nada existe no sentido romântico do amor idealizado, mas aquele barrigão de sete meses indicaria que teríamos uma trabalheira pela frente, então seria melhor que nos contentássemos com as migalhas e tentássemos sorrir de vez em quando. Por essas e outras, faça um grande favor tanto para si mesmo quanto para todo o resto da humanidade e guarde seus conselhos. Se eles fossem bons, afinal, confie no clichê.

    A decisão de agir me tirou dos pensamentos inúteis. Fiquei pensando se não estaria vivendo um daqueles momentos dos quais, dali a dois ou três anos, olharia para trás e sentiria falta – mesmo que naquele exato segundo estivesse sendo um horror absoluto, inexplicável, um do tipo que se arrastaria por semanas, combinado com uma sensação de catástrofe iminente –, a paranoia; convivemos juntos há tanto tempo que já nem poderia imaginar uma vida sem ela. As lembranças enganam, fodem sem beijar. Faz uma semana, duas, dez? Eu estava sóbrio, conformado com o arrastar dos dias e agindo mecanicamente: fazendo o que precisava fazer, sem reclamar demais, só um pouquinho, talvez esperando secretamente que um míssil, por obséquio, caísse exatamente em cima da minha cabeça e acabasse com aquele despropósito de existir. Agora, de volta ao caminho tão conhecido da esbórnia e da degradação, queria ter-me mantido naquele campo florido, bonito mas asséptico. Optei por dobrar a esquina e pisar novamente em ovos, em brasas, a caminho de uma cama de pregos desenhada com a maestria dos sádicos, bem assim: na parte de baixo, onde me deito, há um lençol branco, imaculado, cheirando a amaciante Pompom. A parte de cima é crivada de pregos enormes e, no momento em que eu estiver sentindo-me confortável, envolto por aqueles paninhos cheirosos, a parte de cima irá despencar em cima de mim com violência, jogando sangue para tudo quanto é lado, e uma plateia sairá das sombras para aplaudir o ocorrido, rindo muito porque esteve ali o tempo todo me observando, zombando da minha existência bem baixinho, com comentários realmente maldosos. Já imaginando a dor do baque, mas sem ainda senti-lo, peguei a caneta Bic.

Pai,

Sei que somos universos irreconciliáveis. É muito difícil enxergá-lo como um ser humano alheio à condição de pai. Me é difícil compreender que você tem sentimentos como qualquer outra pessoa, e que esses sentimentos podem não combinar com os meus. Suas ações, para mim, deviam ser pautadas pela condição que lhe foi imposta a partir do momento que fui removido da barriga de minha mãe. Talvez você não desejasse a minha existência, assim como eu com certeza não tive escolha: nasci. E não fui eu propriamente que nasci, é claro, aquilo era apenas um aglomerado de células com talvez algumas predisposições – o que eu sou, hoje, deve-se à minha história; a própria consciência de mim mesmo, como hoje me enxergo, é um construto baseado em inúmeros fatores, alguns sobre os quais não tive – e ainda não tenho – controle. Engraçado pensar em como minha existência quase não aconteceu devido às três voltas que o cordão umbilical tinha dado em meu pescoço, e desde que me entendo por gente enxergo esse ocorrido como um sinal. Os passos trôpegos que troquei ao longo dos anos, certo de que estava em busca de algo mas sem grande clareza, me provaram que essa intuição macabra não existe à toa. Eu não sei existir, pai. E sei que você também não sabe. Podemos cair em circulares raciocínios freudianos aqui, tentar ver quem sofreu mais na infância para então atingirmos um denominador comum e eu te perdoar, e você perdoar a si mesmo e aos seus próprios pais – os quais só conheci na condição de avós, o que é profundamente diferente –, mas a expressão sincera não se permite pautar por velhos hábitos sofistas de velhos cocainômanos. Às vezes penso sinceramente no quanto forjei más lembranças para validar minhas próprias escolhas tortas, sendo que na verdade talvez eu tenha tido uma infância espetacular e vocês fizeram o melhor possível, o melhor dentro das parcas possibilidades oferecidas por um país de terceiro mundo fadado ao fracasso – cada um de vocês, pai e mãe, carregando seus próprios fardos e demônios. Já outras vezes tenho memórias vívidas de acontecimentos cruéis, e penso que um pai não deveria nunca se comportar daquela forma com seus filhos nem com a mulher. Depois, penso no lugar de onde estou tirando esses parâmetros, e tudo que vem à mente são os antigos comerciais de margarina ou aquelas cenas de famílias brancas tomando café da manhã nas novelas da Globo, com torradas, geleias, embutidos vários de marcas boas, leite aquecido por uma empregada negra. Penso em caricaturas. Tento negá-las, mas não demoro a relembrar o valor do pastiche: a representação escandalosa de algo, como no teatro grego, guarda profundos significados e poderes excepcionais de despertar visões tridimensionais aos que se dispõem a interpretar mensagens cifradas. Naquela sociedade de pederastas e farsantes chamavam isso de catarse. Por anos e anos só pensei em morrer: era meu lema. Todos à minha volta sabiam disso, mas sabiam principalmente que, no fundo, eu tinha mesmo era uma vontade quase irracional de existir e fazer com que minha arte fosse reconhecida, assim como sempre torci sinceramente pelo sucesso de meus iguais, daqueles que estiveram comigo na saúde e na doença. Com esse objetivo fixo, obsessivo, com certeza deixei muitas vezes de existir no plano real: alienei-me propositalmente das emoções mundanas, tratei muita gente como merda, você inclusive, pai, e depois despertei – ou talvez não – para perceber que havia errado muito, e que minhas escolhas hoje me definem – passados tantos anos – como ser humano. Não consigo mais me ver dissociado da podridão e do lixo, dos vícios e do escárnio. Sei que sua juventude foi parecida, regada a desilusões e abusos, e sempre sinto a maior empatia quando consigo imaginá-lo jovem, tão perdido quanto eu hoje em dia. Em seguida, penso que, por ter caminhado no caminho das pedras, talvez você pudesse ter feito mais por mim. Pela minha cabeça doente. Descarto essa ideia mesquinha ao concluir que cada um de nós é dotado de racionalidade, e que não existe um papel intrínseco a você no sentido de precisar me ajudar a sair do limbo, até porque é bem provável que eu mesmo não queira – ou não consiga – libertar-me disso. O que me leva à próxima conclusão: talvez você mesmo viva em um limbo há décadas e não tenhamos conseguido entender-nos porque você não tem condição de ajudar ninguém, mas, sim, precisa ser ajudado – mas já é tarde demais, completamente consumido pelo orgulho. Você não conquistou nada na vida, somente desmanchou tudo que tocou, e eu provavelmente farei exatamente o mesmo. Seus filhos não têm herança, assim como você não teve nem terá. Preciso aprender a carregar essa cruz, chamá-la minha, e não mais viver rastejando pelos cantos e, em toda e qualquer brecha mental, deixar que pensamentos ruins me consumam e eu me sinta uma vítima perpétua. Outro grande problema é a pecha de gênio torturado, o clichê mais doloroso de todos, mas não acho que seja assunto para este momento – nem tenho certeza se estou sujeito a essa condição, mas seria natural tentar driblar tamanha vergonha. Será que um dia seremos capazes de sentar em um café bonito no Batel, pedir expressos caros e tomá-los batendo papo furado, sem a necessidade de competirmos e tentarmos destruir um ao outro? Depois do café, poderíamos fumar um cigarrinho. Você gosta do Hollywood porque ele é macio. Eu ando fumando Marlboro sempre que posso, mas às vezes vou de Winston. Acho simpática a ideia de que foi a marca do Kurt Cobain, um ídolo de quem acho que te fiz gostar um pouco. Você sempre aceitou meus ídolos a partir do momento que eu contava as histórias deles – minha memória mais bonita é a do Eminem;

quando te contei a história dele e você nunca mais falou que rap é uma bosta ou qualquer coisa do tipo, mas aprendeu a respeitá-lo. Em encontros regados a cachaça e paranoia, na casa da sua nova mulher, conversávamos a tarde inteira, mas acho que jamais nos ouvimos de fato. Não sei definir até hoje o que significaram aquelas várias tardes em churrascos afogados em álcool: eram para ser bons momentos, não eram? Uma tradição bem brasileira de festar no domingo, como uma despedida digna para enfrentar a semana tortuosa em um trabalho que se odeia. Quantos de nós vivemos assim? Milhões de pessoas não têm emprego e sofrem, outras milhões têm e são igualmente infelizes. As que conseguirem um emprego mais para frente, quando por qualquer milagre a condição do país melhorar, vão ficar contentes por exatamente vinte e quatro horas: depois do primeiro dia trabalhado, tenho certeza, aguentando as merdas de um patrão burro e colegas intragáveis, irão desejar a morte – porque terão concluído que, mesmo tendo um emprego, ou seja, tudo que elas queriam/precisavam na vida, a existência não deixou de ser insuportável. Você enxerga o mundo assim também, como se estivéssemos todos irremediavelmente perdidos independentemente de qualquer coisa? Bill me contou uma vez que sentia o mesmo que eu: visitá-lo, em sua nova vida, era como pisar em ovos. Você estava sempre irritadiço, acho que foi assim a vida inteira, e uma vírgula fora do lugar fazia com que você explodisse e toda aquela pretensa diversão etílica se acabava. Eu não devia me sentir mal por isso, porque minha infância traz dezenas de memórias exatamente assim: você explodindo por uma merda qualquer e arruinando encontros – com vizinhos, parentes. Não sei viver, pai. Você também não. Duas pessoas que não conhecem essa arte não se toleram. Você já bate na porta dos 70, eu estou chegando aos 30. Claro que não sei explicar racionalmente, mas tenho certeza de que os mais de 40 anos que faltam para eu alcançá-lo em idade serão tristes. E o pior é que, talvez, daqui a algumas décadas eu me veja dentro deste carro alugado, exatamente onde estou agora e que não faço a menor ideia de como veio parar em minhas mãos, com a cabeça cheia de droga e vivendo uma ressaca perpétua, e sinta falta de tudo isso. Que eu me sinta nostálgico. Talvez pense: aqueles foram os bons anos. Você se sente assim com relação a sua juventude? Eu desejo a você e a mim mesmo muito mais que sorte. Que nós encontremos paz na morte. É um pensamento mórbido, mas não deixa de ser agradavelmente blasé. Quero que minha lápide seja assim, pai, a primeira pós-moderna já registrada: "Aqui jaz um rapaz latino-americano que começou a apreciar Belchior tardiamente e jamais se importou com morrer precocemente, muito pelo contrário, assim desejava e assim aconteceu; foi triste e solitário durante toda a existência, sem nenhuma esperança." Será que alguém vai conseguir sacar o tom de arte do exagero da inscrição, e vai saber que se trata de um pastiche ruim de Thomas Bernhard? Tenho certeza que, em vida, não conseguimos e não iremos alcançar qualquer esboço de satisfação. Você pode me confirmar, por favor, que as coisas realmente jamais vão dar certo? Acho que ficaria tão feliz em saber.

*Com todo amor do teu guri,
Pingo.*

Vigésimo ato – Redemunho

Rasguei a carta logo após pôr o ponto final, é claro, e me arrependi – não disso, mas de ter jogado meu pó fora. Acendi um cigarro, traguei e pressionei-o contra meu braço esquerdo, aliviado. É bem difícil escapar dos arroubos de perversão: às vezes não se trata sequer de uma vontade genuína de consumir droga, mas de uma fissura pelo ritual. A ideia de se usar droga e tudo que vem a reboque: degradação, uma fajuta anarquia e a ilusória liberdade que o entorpecimento oferece, visto que Woodstock e a revolução do ácido deturparam a mente dos desavisados, os que até hoje acham que ficar alucinado tem alguma coisa a ver com ser livre ou espiritualizado. Eu era uma dessas pessoas, por mais patético que seja admiti-lo. Com as cartas na mesa, e considerando o horário (três da tarde, tenho certeza, a morte de Jesus), eu só tinha uma opção viável para saciar o demônio. Liguei o Panamera, já tendo ignorado várias outras ligações da locadora de carros, aquela mesma voz doce e melancólica que me repetiria o protocolo não foi retribuída, e parti para a favela do Capanema, não muito longe do núcleo do centrão, onde eu estava estacionado a sei lá quanto tempo – o bastante para ter pensado um punhado fétido de merda, patinado no musgo, me debatido na areia movediça.

O cenário é caótico. Cheguei sem grandes preocupações, mesmo bambeando com o automóvel pelas ruas: um homem branco num Porsche dificilmente terá problemas com homens da lei. Para quem nunca teve o prazer de conhecer uma favela, pense na caricatura: está tudo certo, pelo menos no que diz respeito à do Capanema. São casebres caindo aos pedaços, ruas de terra e entulhos nas ruas. Eu não lembrava exatamente aonde precisava ir para conseguir meu precioso, mas tinha uma vaga noção de onde ficava um bar que poderia dar-me a informação – se eu conseguisse perguntar com jeito, sem escândalo, porque o sistema deles é fechado e desconfiado; bem diferente do que eu encontrava no Sítio Cercado, até por já ser freguês do meu bairro há anos.

Estacionei o Panamera perto de uma valeta que o pessoal costumava usar para cheirar pó, por ser um local reservado – há o rio podre, fedido, e uma ruelazinha de terra bem espremida; você entra ali, senta-se e aprecia o momento. Poucas situações alinham melhor forma e conteúdo: a degradação em um lugar propício ao estado de espírito daqueles que estão afogando-se em cocaína numa tarde ensolarada, nada daqueles apartamentos chiques em que a juventude abastada promove festas quando os pais, importantes negociantes, estão viajando a trabalho para manter um estilo de vida irreal para 99% dos brasileiros. Eu e minha mágoa com os ricos. O pior é saber que não passa de um ressentimento invejoso, e não uma bravata honesta de quem deseja um país menos desigual. Quero mesmo é que todo mundo, sem distinção de cor, estrato social ou gênero, vá para a puta que pariu.

A caminhada até o bar foi reflexiva, cigarrinho na mão e um sentimento que sempre adorei: o de estar integrado ao caos. O pessoal me olhava desconfiado, eu disparava cumprimentos e acenos de cabeça – patético, como um gringo visitando o Capão Redondo e tratando os moradores como animais num zoológico. O importante é ter noção do próprio ridículo, já que a gente sempre acha um jeito de tentar validar os próprios pontos de vista. Lembro de Bill me dizendo que, mesmo quando enxergamos as cordas, a manipulação não deixa de ser efetiva: há títeres hábeis. Eu, no caso, sendo controlado pelo Satanás, com certeza não estava em posição de tentar me libertar – e nem queria, para ser bem sincero.

A recepção foi incrivelmente animada. O dono se lembrava muito bem de mim, afinal eu tinha deixado mais de 500 reais ali numa noite longínqua, na companhia do Isaque – um cara aleatório, que conheci numa noite qualquer, e o abracei como companhia provisória por ter gostado de seu nome; me lembrava o Enoque d'*O matador*, e também da adaptação cinematográfica, *O homem do ano*, e a explicação de que aquele era um nome bíblico. Só isso: é um nome bíblico. Não sei se foi ideia dos pais, dos avós (provavelmente), mas é bíblico: traz consigo uma aura de patuá, proteção. E nós, meninos perdidos, estamos sempre atrás de fortes escudos, necessariamente forjados por Hefestos imateriais, para que enfrentemos o dia a dia com alguma segurança – ilusória, de preferência, já que tudo que se materializa perde a graça.

"*Buenos días, señor*", tasquei minha melhor cartada já de cara, lembrando a atuação do Casey Affleck em *Ocean's Thirteen*, quando ele está preparando os operários mexicanos para iniciar uma revolução. Eu estava ciente de que precisaria de favores daquele homem mirrado e velho atrás do balcão, dono de um negócio decadente há décadas, abençoado pela proteção dos meninos do tráfico que bebiam ali. É uma faca de dois gumes se meter com esse pessoal, mas ele pode ser absurdamente leal. Muito mais do que qualquer namorada que você terá em sua vida, isso com certeza, com o risco de soar misógino e satanista aos ouvidos de garotas de quinze anos que fazem piquete na frente de igrejas, com os seios à mostra, em viagens financiadas ou pelos pais ou por partidos políticos que angariam jovens perdidas e tristes para brigarem por causas impossíveis.

"Qual é a boa hoje, Pingo?", questionou já me servindo uma dose de conhaque Dreher. Eu não estava com estômago para aquilo, mas não era hora de questionar. É preciso desbravar as matas fechadas para chegar ao povo prometido, um que vive cercado por cachoeiras celestiais e cujos habitantes andam nus, livres do pecado original – a vergonha, o tesão, como quando Adão olhou para Eva com lascívia e Deus, desconfiado e talvez enciumado, mandou o par ir pastar longe de sua morada ideal.

"O que a vida tem de melhor, né, seu Zé?!", respondi virando a dose, triste com o quão caricato soava o fato de um dono de bar se chamar José, epíteto Zé. O enjoo era tanto que não deu para fazer cara de Clint Eastwood com o charuto mascado na boca, pronto para acertar uma mosca com o revólver mais rápido do Oeste. Fiquei verde e perguntei se podia ir ao banheiro. O velho riu, filho de uma puta, e disse que não tinha ninguém lá até onde ele sabia. Debochado. Pau no cu.

Vomitei – um jatinho ralo, amarguíssimo – ajoelhado em um chão todo mijado, com marcas de pegadas de barro e cheirando a morte. Pinos vazios de cocaína espalhados pelo chão, pedaços de plástico mascados, até uma nota de dois reais ainda enrolada e úmida – soube disso porque a embolsei, não estava em condições de deixar grandes oportunidades passarem batido. As cenas e locais se repetiam com uma frequência assustadora. Seria possível pensar em um looping nietzschiano, mas eram apenas minhas escolhas repetitivas. Viciadas. O que fiz para chegar àquele momento? Sabia exatamente a resposta, ou, para ser mais exato, tinha lampejos dela. Todos carregados de culpa cristã. Em um sentido bem mundano, diversas propostas metafísicas não passam de obviedades lógicas: se você planta o mal, colhe o mal. Lei da atração. Lei da puta que te pariu. Que me pariu. Tá tudo na cara, e é próprio da vida como ela é – cruel, nojenta. Não é necessária uma força mágica para informar que se você se meter a dar uma de louco numa favela pesadíssima, com um carro importado, vai dar uma merda do caralho. Aliás, é bem provável que tivessem dois Porsches estacionados naquela quebrada quando do meu retorno, seja lá quando – e se – acontecesse. Eu tinha coisas mais importantes com as quais me preocupar no momento.

"Desce uma gelada aí, Zé", falei ao voltar com pompa renovada. Pontinhos pretos poluíam minha visão periférica e eu tremia, suando um pouquinho devido aos fogachos corporais – e com frio, mesmo com o sol ridículo daquele dia que não sei qual era. Um dia abençoado, isso com certeza, reforçado pelo gole do líquido geladinho no copo americano, dito copo de boteco. Se houvesse qualquer moderação na minha lida com a vida as coisas seriam tão mais fáceis. Pensei em quando, há alguns anos, eu costumava pensar justamente nisso: em como se houvesse qualquer moderação na minha lida com a vida as coisas seriam mais fáceis. Nunca cheguei a tentar buscar essa linha tênue: ou me afundava até as bolas na lama da degradação ou ficava completamente abstêmio e triste. Em momentos de profunda autopiedade, chegava a pensar que tudo que me faltava era uma Diadorim de olhos verdes, mas descartava essa possibilidade ao lembrar que as mulheres não devem ser babás de garotos neuróticos e, mais do que isso, caberia a mim mesmo uma revolução interior, para que, só assim, eu conseguisse me aproximar das pessoas de uma forma saudável – e não como um cão sarnento à espera de ser curado.

Desisti de lutar com a natureza e fechei os olhos, reclinando-me no banco de plástico anteriormente branco, agora sujo e pegajoso, do bar fedido. Estou andando por Paraty, matando tempo até o começo do meu bate-papo durante a Flip, a festa literária mais badalada do Brasil – justamente por trazer famosos autores gringos, o que representa muito bem o que somos como nação. Também que se fodam esses argumentos nacionalistas, eu é que não vou ficar defendendo o espaço delimitado por linhas imaginárias em que nasci: ideia mais estúpida. Já esqueceu o que aconteceu com o Policarpo? Pau no cu daquele imbecil, e também no meu.

Acabei de voltar de Portugal, onde fui receber o prêmio literário, e em um curto período de tempo respondi diversas entrevistas – por e-mail e também pessoalmente, prossegui no delírio, sempre bem arrumado e atento às minhas palavras. Falei da importância da literatura na formação do caráter de meninos pouco abastados, e em como a fabulação é essencial para driblar os horrores da realidade. Deixei escapar em um evento literário que estava sóbrio há um tempo X, sentindo-me forte para enfrentar a existência de cara limpa. Recebi uma salva de palmas entusiasmada por isso, o pessoal costuma gostar muito de histórias de superação e de ouvir que existem méritos em não beber e não se drogar.

    Chega a hora da minha mesa, ainda na Flip imaginária, e me dirijo à tenda principal. Todo mundo está de pé e muito ansioso por minha entrada: em pouco tempo ganhei o carinho do Brasil por ser bem articulado e autoconsciente, sobretudo devido à trajetória turbulenta que tinha para compartilhar com ouvintes sádicos. Suponho que o mundo inteiro precise de um Messias, mas nós *brasileños* (especialmente) estamos sempre implorando por um – cujo caráter muda de tempos em tempos, basta ver a história da política. Eu já não tremia mais ao segurar o microfone e estava começando a gostar de toda aquela atenção, mas principalmente estava começando a acreditar que minhas palavras tinham algum poder de influenciar a órbita dos planetas. Que, através de dizeres bem colocados, poderia salvar almas perdidas.

    Com a confiança do campeão, saí-me perfeitamente bem na mais importante mesa literária do ano, e a editora precisou fazer tiragens e mais tiragens da minha obra premiada – *Olhos de tigre* – depois daquele dia. Contei os benjamins e pude dar um troco substancial para minha mãe, pro meu irmão mais novo e pro Bill. Dali pra frente a vida seria uma festa, uma sem ressaca, calcada na realidade de alguém que ascendeu ao estrelato após apanhar um bocado do capeta. Até poderia acontecer uma eventual recaída no futuro, mas seria tratada exatamente assim: uma recaída, um deslize. E não um retorno pleno à degradação, com a mais pura consciência de estar novamente chafurdando no lixo – e achando graça nisso.

 O principal ponto dessa jornada é que Maria estaria ao meu lado novamente. Eu jamais saberia dizer se por interesse ou não, provavelmente não porque ela nunca precisou de grana, mas talvez se tivesse encantado com minha visibilidade, sei lá, deixa pra lá as especulações; a verdade seria doce: Maria estaria ao meu lado novamente, e dessa vez eu não daria nenhum motivo para que ela tivesse uma só pulga atrás da orelha. Viveríamos felizes, ela com o teatro e o cinema e eu com a escrita – está certo que eu perderia mais tempo falando sobre literatura do que produzindo de fato, mas isso teria lá seu papel na construção de um país melhor. Voltaríamos a transar com amor, coisa de que eu sentia tanta falta, e dormiríamos abraçados em dias frios. O nosso filho, ou nossa filha, viria ao mundo e seria tratado como um rei, ou adulada como a rainha de um microcosmo, sendo eu um pai que acorda todas as madrugadas e ajuda sua mulher – a amada mesmo, não uma opção qualquer feita por comodismo – com todos os afazeres. Não nos contentaríamos com um casebre ou um apartamento que mais parece uma lata de atum: teríamos uma casona espaçosa, decorada com toda e qualquer tralha bobinha da qual gostássemos. O importante seria construir nosso ninho, um bem aconchegante, e meter inveja em qualquer um. E nós conseguiríamos exatamente isso, felizes para sempre de modo geral – claro que teria uma briga aqui e outra ali, normal da vida, nada sério, todas compensadas por risos divertidos e a certeza de que ambos fizemos a escolha certa.

O cano do oitão entrou fazendo estragos na minha boca aberta, babante. "Perdeu, magrão", avisaram-me, três piás – menores de idade, estava na cara; que humilhação ser tratado assim por crianças. Levantei a cabeça num só movimento brusco, e o merda do pau no cu do caralho podia ter apertado aquele gatilho sem querer e explodido minha cabeça por merda, por cagada. Tentei desvencilhar-me do cano enferrujado na minha boca, gosto horrível: o metal sujo, tempero de morte, misturado ao meu bafo podre de cocainômano em queda livre.

"Vai quebrar os dentes que já tão tudo podre, ô pau no cu", informei ao tratante. A resposta foi uma coronhada no meu supercílio direito e, por consequência, aquele líquido quentinho descendo pela minha cara mais uma vez; eu já estava quase gostando da situação. Em uma ocasião ainda mais distante, tomei uma garrafada durante violentos protestos – estava no local como estudante de jornalismo, experiência breve, cobrindo aquele acontecimento histórico. Num bar do Capanema, às tantas horas de um dia inexistente e quente, as motivações eram um pouquinho diferentes. Mas fiquei bem feliz, preciso admitir, em ter sido chamado de magrão. De fato, percebi por um milésimo, meu corpo estava chupado, quase contorcido para dentro, engolindo a si mesmo. Não tinha tido a oportunidade de olhar no espelho, mas a sensação era de que estava oco. Em todos os sentidos.

"Posso terminar a cerveja pelo menos, filhinho? Dinheiro não dá em árvore", fiz a súplica, o comunicado, por mais que nem tivesse acertado a conta – estava somente com a nota de dois reais achada no banheiro, afinal, e contava com mais um milagre. Soou tão absurdo que até os meninos deram risada. O que estava com o revólver parecia que ia morrer de tanto rir, segurando a barriga como em desenho animado, enquanto eu o encarava com muita seriedade e bicava meu copinho americano. "Tem algum palhaço aqui?", o que o fez rir ainda mais, com pausas forçadas para recuperar o ar. Comecei a ficar seriamente incomodado, pensei em virar a mesa em cima dele e sair dando porrada até na minha sombra. Não gostava nem um pouco que rissem de mim.

"Acabou o show, cambada de babaca", levantei jogando a garrafa no chão. O dono do bar chiou, mandei-o tomar no cu e ficar quietinho, porque sabia que ele era cúmplice daquela merda. Alguém deve ter passado o fio que eu tinha chegado num Porsche. Era bote – e um armado de última hora, com os únicos soldados disponíveis no momento, provavelmente filhos dos pilantras de verdade. O menino do oitão me aconselhou a ver bem como falava com o Zézão; fiz um gesto brusco pra cima com a mão direita e saí da espelunca. A parte boa é que estava acordado de novo, subitamente livre daquele enjoo desgraçado.

  Os sonhos foram doces naquele breve apagão. Poderia morar neles para sempre, assim como habitaria com gosto a casinha imaginada e aproveitaria a leveza do sucesso ao lado da pessoa amada. Se eu tivesse certeza que morrer seria algo como aquilo, um perpétuo delírio em que todos nossos erros são consertados e nossos objetivos, atingidos, pegaria o canhão da mão do moleque e estouraria minha própria cara naquele exato segundo, com muito prazer. Melhor: se eu apenas desconfiasse de que não existir mais tivesse qualquer coisa a ver com aquilo, já teria esmagado minha cabeça embaixo de um ônibus biarticulado há muito tempo, na primeira oportunidade. Ainda melhor: tendo a certeza de que morrer significaria simplesmente o fim de tudo, se eu conseguisse ter a menor noção do que significa um apagão perpétuo, deixar de existir e pronto, nem precisaria ficar preso num eterno gozo pós-existencial, pois já teria enfiado uma faquinha de serra na minha própria jugular e a estraçalhado com violência.

"O problema são as incertezas, né?", deixei escapar enquanto eu e os meninos nos aproximávamos do carro. Nenhuma reação, mas sei que eles teriam material para matutar dali em diante. Para começar, a porra do Porsche já estava com um risco medonho na porta e com o para-brisa trincado. Fiquei sentido com aquilo, quase uma obra de arte prejudicada. Soube estar lidando com um tipo de gente que cortaria a Mona Lisa ao meio com um estilete, e isso me deixou profundamente grato. Pensei também na menina da locadora de automóveis, aquela de voz doce. Torci para que ela não fosse prejudicada pelo meu vacilo. Juro que, se soubesse que qualquer coisa de ruim fosse acontecer com ela, eu teria ido em disparada devolver o Panamera. Não queria que nada de ruim jamais acontecesse àquela criatura dócil. Desejava, do fundo do coração, que a vida dela fosse boa e feliz.

"Tá aí", disse entregando a chave ao general mirim. Quando o menor foi seco para pegar, dei um bote na mão dele e joguei a arma para longe. Os outros dois fecharam em cima me enchendo de bicuda, cócegas daqueles pequenos perdidos; consegui abrir a porta e ligar o bicho. Meti o comando D para aquela joça andar, merda de carro automático, e pisei no acelerador com tudo, sem nem tocar no volante. Olhos fechados. O possante voou, arranque sensacional, direto para dentro da valeta, moendo tudo que apareceu pela frente.

"Eu sou Legião", confidenciei ao mundo.

É reconfortante estar, depois de tantos anos em busca, exatamente onde eu gostaria – chafurdado na merda até os joelhos, um cheiro podre que se confunde: o meu e o da valeta, todo excremento do mundo me cercando. Dá dó do carro, que nada tem com minhas escolhas amalucadas de vida, mas pena tenho é de mim mesmo. Acho que nunca deixei de ter, mesmo quando forjei uma imagem autossuficiente e tentei sustentá-la a qualquer custo. Não sei: há algo muito errado com os meninos da minha geração. Olho para os lados e não vejo a bravura indômita dos poetas latino-americanos, somente um medo paralisante. Deve ter relação com a reconstrução do mundo por meio do virtual – todas as possibilidades ao alcance das mãos, pouquíssima ação efetiva; vivência baseada em ilusões distantes – muito diferente do que sempre foi? Esse tipo de questionamento deve ter relação com a necessidade perpétua de apontar um algoz.

A desconfiança me guia desde sempre e me apeguei aos impressos, vendo a prensa de Gutenberg como um milagre e a invenção da internet como o começo do fim. Sei que não são categorias excludentes e não carregam valores intrínsecos: tudo depende, sempre, do uso que nós fazemos das ferramentas. Como é natural à natureza do homem, a corrupção prevalece – em todas as áreas, com todas as pessoas, do padre comedor de criança ao desvio de verba em ONGs criadas para a proteção de cachorrinhos moribundos. Uma pepita de ouro, resplandecente e muito bonita, vira motivo de morticínio na loucura do social – ninguém está interessado na beleza intrínseca à peça. Além de estar elaborando saltos lógicos que só fazem sentido na minha própria cabeça, corro o risco de soar velho antes do tempo – desempenhar exatamente o papel ridículo de nossos pais, aquela nostalgia tosca e contraproducente; sentimento de que, se fosse assim e não assado, o mundo com certeza seria um lugar melhor. Ilusão – tão terrível quanto essencial para a manutenção mental dos garotos à deriva no século em que tudo se esfarela ao primeiro toque. Para completar, trago no peito a certeza de que não suportamos uns aos outros – basta um passeio no parque, em uma manhã ensolarada, e minha tese se comprova. Vi o ódio transbordar de olhares desconhecidos durante toda a vida. Devolvi na mesma moeda, com escândalo dobrado. Escolhi sempre a pior postura para que o mal não me atingisse, embalado por uma lógica bastante rudimentar: não se mata o que já está morto. Falo de sentimentos.

Gostaria muito de ter sido capaz de seguir minha própria teoria de ódio gratuito. No fundo, fui um cristão enrustido que carregou uma cruz (invertida) cravada no peito. Diferentemente do protagonista de *Fome*, de Knut Hamsun, não tive – e nenhum de meus iguais teve – a chance de rastejar e pedir a Deus piedade enquanto Ele me apontava um fulminante dedo inquisidor. Condenado fui pela minha própria consciência, em tristes arroubos de autopiedade. Em uma anotação do dia 12 de julho de 1954, Tennessee Williams registrou: "Lutar pouco a pouco contra a exaustão me esgota ainda mais. Não há escapatória, então? Não, nenhuma, exceto por um bocado de sorte – outro nome para Deus." Os escritores e esse eterno falatório tão tocante, esvaziado de significado real – tudo que se põe no papel é inatingível. Todos nós personagens de nós mesmos, com a opção de seguirmos a jornada do herói ou optarmos pela afasia beckettiana – reconhecimento precoce de que, se não vale a pena lutar, não irei à guerra. Eu fui: bati-me com sombras e perdi, nocaute técnico nos dez primeiros segundos do round inicial.

As ideias me foram sempre claras, o problema estava na execução. A violência mental nunca condisse com meus atos, apesar de os atos também terem sido bárbaros – jamais tão bárbaros quanto se apresentavam em meus delírios. Queria muito ter sido uma pessoa verdadeiramente ruim, talvez um assassino. Uma pessoa que despertasse nojo nas outras, condenada em praça pública por atos grotescos. Com alguma sorte, seria enforcado em frente a uma plateia incrível – muito maior e melhor que a do tolo Mersault, um francês safado que não teve a decência de utilizar a bala que guardou para si mesmo: deixou-se condenar pela lei do homem, mesmo que tenha – de fato – vibrado com o mar de olhos marejados assistindo à sua execução. De minha parte, no momento que meu corpo batesse em seco contra o nada, com a corda sustentando minha estrutura, fezes escorreriam de meu ânus e o clímax ficaria por conta de palmas fervorosas – misto de vingança e paz enchendo os corações dos espectadores, homens de bem, ansiosos por voltarem para suas casas modestas e comerem arroz soltinho com feijão bem temperado. Guardadas as proporções, pensando bem, acho que até consegui ser algo execrável – no plano das ideias, pelo menos, com certeza. Andei por aí maldizendo Deus e o mundo, tratando meus pares com cordialidade por ser incapaz de dar cabo aos meus ímpetos mais profundos. A imaginação não me foi suficiente. Não foi o bastante para alimentar meu demônio interior, sempre faminto e inquieto. É com muita paz, portanto, e sem ter aproveitado sequer um segundo desta experiência horrenda de existir, que me despeço do mundo.

    Ainda não. Abri os olhos para ver o para-brisa encharcado de sangue, trincado. Ao arrancar com o carro, esqueci de pôr o cinto de segurança. Burlei uma premissa básica da direção segura, e o karma é uma puta vingativa. Mal sentia meu rosto, mas sabia que algo estava muito errado ali. Os retrovisores quebraram, então não pude tirar essa dúvida. Antes de sair do rio de merda seria decente pentear o cabelo, pelo menos, mas não tive essa sorte. As mães nos ensinam cedo que nem sempre é possível conseguir aquilo que a gente quer: bem que fazem. Pena que as palavras vão se perdendo ao longo dos anos. Não há conselho bom o bastante para ajudar a suportar a crueza do real. Felizes, começo a desconfiar, são aqueles que abriram mão da busca insana pela satisfação. O conceito resvala no budismo, mas não penso em dogmas ou pragmatismos. Penso naqueles que, massacrados pela existência, genuinamente compreenderam que não há o que buscar – há de se caminhar a esmo, trocando passos trôpegos em meio ao que chamam realidade (absolutamente incompreensível, nauseante), ou escolher dar cabo da própria vida, de preferência na juventude, quando a Chama ainda reina absoluta no peito esperançoso e há conciliação possível com a figura simiesca do macaco-demônio. Escolho a segunda opção – ou gostaria muito de tê-lo feito. Queria me matar com um tiro na cabeça e ficar assistindo à cena em looping, infinitamente, enquanto o diabo me sodomiza com um cabo de vassoura e Maria chupisca meu pirulito com uma vontade voraz, só tirando-o da boca para dizer que me ama e que vai ficar tudo bem.

    Na impossibilidade de realizar meus desejos mais obscuros, dadas as adversidades práticas do momento em que me atolei na valeta, atenho-me às constatações possíveis. Sou uma criança gritando pela teta da mãe. A mãe é heroinômana e, quando tenta me servir, de seu seio sai pó branco, pus e sangue infecto. Lambo tudo com voracidade, quero mais, muito mais, uma semente maligna esteve plantada em mim desde minha concepção. A combinação nojenta embrulha meu estômago. Ela me põe para arrotar, vomito em suas costas e emito grunhidos animais, tentando me libertar dos escombros do carro. O cheiro da valeta até que me agrada, o homem e essa incrível capacidade de se adaptar a tudo que há de mais abjeto na existência. Sinto que preciso me mover. Há algo crucial em andamento. Entendo que, ao me libertar, desvendarei um segredo antigo – há muito ignorado, de peso crucial para o desenvolvimento da civilização. Não posso falar em objetos concretos ou símbolos – o que desponta é uma sensação apocalíptica. É como aquela que apertou o coração do Ocidente quando as bombas atômicas explodiram no Japão. É como o segredo mantido por gerações: nenhum pio sobre a figura antropomórfica de sorriso afiado que pairou nos cogumelos radioativos, aquela de aparência simiesca. Ou sobre uma frequência sonora imperceptível que está sendo captada por aparelhos específicos desde que a última pandemia judiou do mundo, quase como uma retaliação da natureza para contra nós – as células infecciosas e sempre mal-intencionadas da Terra.

Uma pontada aguda no peito acompanhava minha respiração – pesada, tímida. Vitalidade nenhuma. Abri a porta do Panamera com muita dificuldade, seria mais fácil ter estourado o para-brisa com chutes. Muito fraco para isso, e todo ensanguentado. Quebrei quantas costelas? As pernas tremem muito, mal consigo parar em pé. O rombo na cabeça não ajuda. Tudo vermelho ao meu redor, e o céu ganhou uma forte tonalidade laranja, como na bonita capa de *Contra o dia*. Seria o melhor momento para a aparição dos baloeiros e seu cão leitor de Henry James, o Pugnax, mas não terei essa sorte. Quando a coloração do céu se banalizou em minha perspectiva, baixei os olhos para dar de cara com um enorme PINK'D na parede chapiscada acima da valeta. O rosa parecia absurdamente intenso, realmente vivo. Da letra pê escorriam gotículas vermelhas, apontando um caminho. Escalei o morro lamacento com o estômago embrulhado, utilizando minhas últimas forças para sair da enrascada.

    Troquei alguns passos, finalmente em terra firme, e avistei os três meninos novamente. Escutei estampidos secos e uma gritaria generalizada. Não senti nada. Os garotos fizeram movimentos significativos, os quais não consegui entender não sei por quê, e saíram correndo. Senti-me aliviado, revigorado. Vermelho, laranja, rosa. Estranhei minha limitada percepção das cores do mundo, mas entendi que as coisas estão sempre mudando e que é preciso estar aberto às novas possibilidades, dizer sim aos novos horizontes. Segui as gotículas vermelhas pelo que pareceu uma eternidade, tudo começou a ficar embaçado. Não via mais pessoas, somente silhuetas intimidadoras que começavam a brotar por todos os lados. Os sons vinham de lugares distantes e meu coração resplandecia paz. Peso nenhum. Um objeto pesado saltou de meu peito e caiu no chão: com algum esforço, percebi o sagrado símbolo religioso em brasas.

Tentei rir, sem fôlego. Senti vontade de gritar, meus lábios estavam grudados. Incorporei-me aos olhos de um falcão de passagem para ver Bill lá na frente, bem distante, fazendo as marcas rosa no chão com um pincelzinho surrado. Ele estava prestes a cair no abismo, só mais um ou dois passos, nenhum bando de poetas a acompanhá-lo, e sua feição parecia petrificada em um orgasmo santo. Retornei aos limites de meu corpo físico e caí de joelhos, contemplando uma vez mais o pynchoniano céu laranja. Tentei me emocionar com a situação, visão belíssima. Senti apenas a leveza da indiferença – tão bem--vinda após uma vida perturbada e neurótica. Gostaria de fazer uma última pergunta a Bill: "É isso?" Tenho certeza que, se ele pudesse responder, diria que sim. É isso.

Fonte:
Georgia
Papel:
Cartão LD 250g/m2 e pólen Soft LD 80g/m2
da Suzano Papel e Celulose